Das Buch

»Wir hatten hier alles, was wir brauchten, das heißt: uns, und wir hätten uns auch in einer Bar gehabt, im Kino, in einem Restaurant, auf der Straße; aber eben nicht so, wir hätten uns dann teilen müssen mit einer ganzen Welt, die nach Aufmerksamkeit schrie.«

Lene studiert, wohnt mit ihrer besten Freundin in einer WG und hat ein enges Verhältnis zu ihrer Familie. Als sie Hendrik kennenlernt, scheint ihr Glück perfekt. Doch während sie eine Zukunft mit ihm plant, beginnt Hendriks Fassade zu bröckeln. Seine Vergangenheit schleicht sich in die Beziehung und drängt sich zwischen die beiden. Da ist der mysteriöse Tod seines Vaters, der die Familie zerrüttet hat. Und da ist Klara – seine erste große Liebe.

Die Autorin

Svenja Gräfen, geboren 1990, ist freie Autorin und Poetry Slammerin. Sie studierte Kultur- und Medienbildung, schreibt im Netz über Popkultur und Feminismus und lebt in Berlin.
www.svenjagraefen.de

Weitere Titel der Autorin in unserem Hause:

Freiraum

SVENJA GRÄFEN

DAS RAUSCHEN IN UNSEREN KÖPFEN

ROMAN

Ullstein

Besuchen Sie uns im Internet:
www.ullstein-buchverlage.de

Ungekürzte Ausgabe im Ullstein Taschenbuch
1. Auflage Januar 2019
© Ullstein Buchverlage GmbH, Berlin 2017 / Ullstein fünf
Umschlaggestaltung: zero-media.net, München, nach einer Vorlage
von Favoritbuero GbR, München
Titelabbildung: © bulia/shutterstock.com
Foto der Autorin auf Seite 1: Melanie Hauke, Berlin
Satz: L42 AG, Berlin
Gesetzt aus der Kepler Std
Druck und Bindearbeiten: CPI books GmbH, Leck
ISBN 978-3-548-29052-2

»Of all the people, I hoped it'd be you
to come and free me, take me away,
show me my home,
where I was born,
where I belong.«
(Foals – *Blue Blood*)

Prolog

Mir wird mulmig.

Ich laufe die große Straße entlang, eine Nieselregenschicht auf meinen Haaren. Neben mir rauschen vierspurig Autos vorbei, sie werfen grelles Scheinwerferlicht in die Tristesse. Ich habe die letzten Tage verschlafen verbracht, gefühlt bloß so halb bei Bewusstsein, hindurch geschlichen bin ich durch sie; und jetzt wird mir mulmig, unangekündigt, von einem Moment auf den anderen.

Es ist nicht mehr weit bis nach Hause, ich will noch kurz zum Gemüsehändler. Jetzt kommt mir ein Schwindel dazwischen, er wandert mir durch die Glieder, den Kopf, er zerrt mir von innen an den Ohren.

Ich laufe weiter, ich schaue mich um, ich mache normale Dinge, so etwas wie husten, mich an der Nase kratzen, in ein Schaufenster schauen; im Gehen wühle ich in meiner Jackentasche, als wollte ich einen Kaugummi herausklauben, ich räuspere mich, ich fahre mir durch die Haare und über die Nieselregenschicht. Ich gucke nach rechts und links, bevor ich die Straße überquere, ich schaue kurz aufs Handy, auf die Uhr, ich bin ganz beschäftigt.

Ich stehe draußen vor den Ständen mit den Gemüsekisten. Neben der Waage hat sich der Gemüsehändler eingerichtet, eine rote Schürze um die Hüfte. Er grüßt und lächelt und nickt zu und wiegt ab. Die Leute reichen ihm Zucchini und Tomaten in grünen Plastiktüten. Er legt sie auf die Waage und klebt Preisschilder drauf. Mit ganz lässigen Handbewegungen und wie nebenbei, er guckt gar nicht hin.

Ich stehe da, und an mir vorbei gehen Leute mit Regenschirmen in den Händen und mit Köpfen zwischen den Schultern, manche von ihnen rennen, manche von ihnen eilen, einige tragen Kapuzen.

Ich stehe da und mache weiterhin normale Dinge, so etwas wie mir die Tomaten anschauen, die Ingwerstücke, die Avocados. Ich befühle die Mangos und hebe den Kopf leicht an, lächele, als ich versehentlich jemanden berühre, eine Hand, die nach Äpfeln greift. Der Gemüsehändler sagt seine Sätze, und ich schaue mich lieber noch einmal um, lieber noch einmal aufs Handy. Ich bin ganz beschäftigt.

Dann gehe ich in den Laden hinein, ohne grüne Tüten in den Händen, ich laufe am Kühlregal entlang und starre auf Produkte. Ich verstehe nicht, was los ist, ich habe ein Brennen im Magen, meine Hände sind schweißfeucht, was ist das, ein Herzinfarkt, eine Unterzuckerung, ein Problem?

Ich konzentriere mich; ich konzentriere mich darauf, nicht aufzufallen. Ich sage: Entschuldigung, als mir jemand im Weg steht in einem engen Gang, links und rechts Dosen mit eingelegtem Gemüse; ich lächele in Ansätzen. Dann nehme ich zwei verschiedene Gläser mit Oliven in die Hände, ich vergleiche die Preise, ich tu zumindest so. Ich mache ein kritisches Gesicht. Die Leute, die mich sehen, müssen denken, dass ich hier wohl gerade einkaufe, ganz normal.

Aber mir klopft das Herz wie verrückt, im ganz falschen Takt, alles ist irgendwie aufgeladen, wie elektrisiert, ich hab ein Gefühl so wie Wasser in den Ohren. Alles wirkt weit entfernt, die Geräusche von der Kasse, die Gespräche, ein Lachen, das Messerschärfen hinter der Fleischtheke, alles ist verschwommen, die Zahlen auf den Preisschildern, die Oliven in ihren Gläsern.

Ich atme immer weiter, was bleibt mir anderes übrig, ich denke: Nicht umfallen; ich denke: Ich bin noch nie umgefallen, nirgendwo, einfach so. Ich schließe die Augen, ich öffne sie wieder, ich atme, so stehe ich da, die beiden Gläser in zittrigen Händen, fünf Sekunden, zwei Minuten, drei Minuten, acht Minuten, und warte ab: dass sich etwas verändert, etwas verbessert, dass sich irgendetwas tut.

Es tut sich nicht viel.

Und dann stelle ich die Gläser zurück ins Regal, einfach irgendwohin, ich gehe wieder nach draußen, meine Haut kühlt sich allmählich ab, und ich setze einen Fuß vor den anderen, konzentriert, langsam, eins zwei drei vier fünf sechs sieben acht, bis ich an der Straße stehe und auf meine leeren Hände schauen kann, ganz in Ruhe.

Ich stehe noch, aufrecht, ich liege nicht drinnen im Olivenwasser, ich taumele die letzten Meter, ich taumele die Treppe hoch, ich komme oben an, in der Wohnung, die leer liegt und düster, ich setze mich aufs Bett in Jacke und Schuhen und atme weiter, ein aus, ein aus, was bleibt mir auch anderes zu tun?

1

Als ich Hendrik traf, vergaß ich für einen Moment, dass es je eine Zeit gegeben hatte, in der er noch keine Rolle spielte. Es kam mir surreal vor, dass ich viele Jahre ohne ihn gelebt haben musste, offensichtlich, ein ganzes junges Leben lang, dass wir viele Kilometer voneinander entfernt aufgewachsen waren und in den Ferien manchmal etwas zeitversetzt auf dieselben Meere geschaut haben könnten.

Wir freuten uns jedes Mal, wenn wir eine Überschneidung fanden, und deuteten sie als eine Art Zeichen, als einen frühen Hinweis, und manchmal malten wir uns aus, was gewesen wäre, wenn wir uns früher kennengelernt, bei einer von wenigen kleinen Gelegenheiten schon den Blick des anderen erwischt und festgehalten hätten.

Es gab dieses eine Jahr, zum Beispiel, in dem unsere Familien in der Weihnachtszeit Urlaub in Dänemark machten. Meine Familie und ich fuhren später noch einige Male hin und mieteten eines der Ferienhäuser an der Küste, mit Kamin und Sauna, und einmal gab es sogar einen kleinen Whirlpool, und dann feierten wir Weihnachten auf dem Land, spazierten am Strand entlang und schnappten dänische Wortfetzen auf.

Und in diesem einen Jahr, ich glaube, ich war elf und Jaro dreizehn, da war auch Hendrik über Weihnachten in Dänemark, bei seinen Großeltern, nur wenige Kilometer von unserem Ferienhaus entfernt. Wir fanden das durch einen Zufall heraus, später dann.

Da hätten wir uns doch wirklich über den Weg laufen können, am Strand vielleicht oder in dem kleinen Städtchen, wann immer wir warm eingepackt in viele Lagen Jacken und Mützen und Schals einen Spaziergang, wann immer Jaro und ich uns einen Spaß daraus machten, die Leute auf Dänisch zu grüßen, Hej, und so zu tun, als würden wir dort wohnen, als würde sich unser Aufwachsen und Größerwerden und unsere ganze Welt in dieser kleinen Stadt in Dänemark abspielen.

Vielleicht sind wir sogar aneinander vorbeigelaufen, vielleicht haben Jaro und ich den Hund seiner Großeltern gestreichelt, dem etwas Schnee im Fell klebte, vielleicht standen wir im Supermarkt an der Kasse hinter einer kleinen, blonden Frau, die seine Mutter war. Vielleicht war da gleich neben, hinter oder nur ein paar Meter vor uns, in den Straßen und auf der Strandpromenade, ein Junge, ein bisschen älter als ich und ein bisschen jünger als Jaro, der blonde, wirre Haare unter seiner Mütze versteckte und in dessen Leben nicht mehr ausreichend Gleichgewicht vorhanden war.

Während wir festlich Käsefondue aßen und uns vor dem Kamin die Wollpullover auszogen, uns gegenseitig beschenkten und unser Vater Fotos mit der analogen Kamera schoss, die später zu Hause im Flur aufgehängt wurden, saß Hendrik nur wenige Kilometer von uns entfernt und versuchte die Sprache seiner Großeltern zu verstehen, überprüfte jedes fremde Wort nach Spuren, nach Anhaltspunkten und Wahrheiten und roch beim Abendessen den Schnaps, den der Nachbar von gegenüber selbst brannte und in regelmäßigen Abständen in kleine Flaschen abgefüllt vor die Tür stellte.

So legten wir später unsere Leben aufeinander, glichen sie ab und markierten die Überschneidungen (wenige), wir versuchten, die Geschichten so sauber übereinanderzukleben, als hätte es nie zwei, sondern immer nur ein Leben gegeben, als hätten wir unsere Vergangenheit geteilt.

2

Es war ein Zufall; bloß durch einen Zufall standen wir nebeneinander im U-Bahnhof und warteten. Eine Werbetafel, in der drei Plakate einander abwechselten, quietschte im Takt. Ein älterer Mann telefonierte lautstark. Ein Kleinkind quengelte in seinem Wagen, die Mutter dahinter warf ihren Blick genervt nach oben.

Es war das zweite Mal, dass wir aufeinandertrafen, aber das wusste nur ich. Das erste Mal war ein paar Tage her, das Wetter hatte sich gedreht seitdem. An diesem Tag war es wie ein Aufatmen, ein blauer Himmel hatte sich groß gespannt, man merkte, dass es allmählich wärmer bleiben könnte. Vor ein paar Tagen war es noch windig gewesen, vereinzelt hatte es grelle Sonnenstrahlen an einem düsteren Himmel gegeben, zwischendurch hatte es in kleinen Schüben gehagelt.

Vor ein paar Tagen hatte ich mein Fahrrad mit der kaputten Gangschaltung runter zur U-Bahn getragen. Auf der Treppe herrschte ein Gedränge, es war gerade Stoßzeit, später Nachmittag. Ich schob mich an den Menschen vorbei, an den Aktenkoffern und Rucksäcken, konzentriert darauf, niemanden mit dem Rad zu berühren, nirgendwo anzuecken. Ein Mann im Trainingsanzug sprang die Treppe herunter, zwei, drei Stufen auf einmal und eng an mir vorbei, er stieß dabei so gegen meine Schulter, dass ich ein bisschen zur Seite taumelte. Nicht viel, aber genug, um in diesem Moment jemand anderen am Schienbein zu streifen mit dem einen Pedal. Jemanden, der mir entgegenkam, der die Treppe nach oben stieg. Ich sah eine weinrote Wollmütze und unter der Mütze blondes, wirres Haar, gelockt. Für einen Sekundenbruchteil erwischte ich den Blick, sah ich die müden Augen, sah ich, wie eine Hand die Mütze zurechtrückte. Er wirkte, als würde er gar nicht verstehen, was das gerade gewesen war, etwas Spitzes am Schienbein, irgendetwas aus der Realität, er schaute erst zur Seite, als ich schon einige Stufen weiter unten war, den Hals noch in die andere Richtung gedreht. Ich hätte mich gern entschuldigt, ihm etwas zugerufen, aber er drehte den Kopf wieder nach vorn, ehe er weiter nach oben stieg, mitgezogen wurde von den eilenden Menschen.

Und nun standen wir hier nebeneinander im U-Bahnhof, zufällig, er trug die weinrote Mütze, darunter die hellblonden Haare, ich erkannte ihn.

Die U-Bahn kündigte sich mit einem Luftzug an, sie kam rauschend zum Halten und wir stiegen ein; der ältere Mann stieg ein, die Mutter schob den Kinderwagen mit dem quengelnden Kleinkind hinein. Er und ich saßen uns gegenüber. Das Kleinkind begann, die

Einkäufe aus dem Kinderwagen zu werfen. Die Mutter räumte alles Stück für Stück wieder ein, das Kind begann ein zweites Mal zu werfen, so sind die Spielregeln; und da müssen wir grinsen, er und ich, und da treffen sich unsere Blicke und behalten sich einfach, bis zur Endstation.

Hier schließt sich der Kreis, sagte ich, als wir nebeneinander ausstiegen, und bereute es sofort. Das konnte doch bloß ich verstehen, er wusste gar nichts von einem Kreis oder wie er zu schließen wäre, er hatte mich doch gar nicht gesehen. Er schaute fragend, irritiert, aber unsere Blicke blieben verhakt, also sagte ich, ich hätte ihn mit dem Fahrrad gestoßen, am Bein, vor ein paar Tagen an jenem Bahnhof. Ich biss mir auf die Lippe und fühlte, wie mein Gesicht zu glühen begann, ich trennte die Verbindung unserer Blicke, ich schaute auf den Boden, warf dann den Kopf zur Seite, als müsste ich den Ausgang suchen.

Wir liefen nebeneinander her, nahmen die Rolltreppe ans Tageslicht, er sagte: So, du hast mich also mit dem Fahrrad gestoßen. Er sagte es gespielt vorwurfsvoll, er grinste. Und ich wusste gar nicht, was ich dem Arzt sagen sollte, als er es mir fast amputiert hätte. So eine Verletzung kommt ja nicht von selbst!

Uns schlug der Wind entgegen, er kühlte mein Gesicht. Tut es noch weh?, fragte ich.

Es geht, sagte er, und: Du musst das aber schon wiedergutmachen, du musst mich zum Kaffee einladen.

In Ordnung, sagte ich, und wir liefen weiter die große Straße entlang, vorbei an der Kneipe, die nachmittags schließt, vorbei an Spätkauf neben Spätkauf, vorbei an der Bäckerei, vorbei am Gemüsehändler, dann bogen wir ein, liefen bis zur Nummer 30 und stiegen die Stufen hinauf bis in den dritten Stock, er neben mir her wie ein Hund, als wäre er mir zugelaufen.

In der Wohnung roch es nach frisch gewaschener Wäsche. Die Tür zu Hannas Zimmer stand offen, sie hatte vergessen, das Licht auszuschalten. Er schaute sich im Flur um, als wollte er den Raum auswendig lernen, und ich dachte, wie verrückt. Wie verrückt, dass er jetzt einfach mitgekommen ist. Er zog sich die Jacke aus, er trug einen dunkelblauen Pullover, dünner, verwaschener Stoff.

Willst du was trinken?, fragte ich und dachte dann an den Kaffee, stimmt ja. Ich hängte meine Jacke an die Garderobe, ging ein paar Schritte nach rechts, um das Licht in Hannas Zimmer auszuschalten.

Er ignorierte die Frage; schön, sagte er, mit wem wohnst du hier?

Ich sagte, ich wohne hier mit Hanna, mit meiner besten Freundin.

Er lächelte und nickte und dann streckte er plötzlich seine Hand aus, er hielt sie mir auffordernd hin. Hendrik, sagte er.

Lene, sagte ich. Wir lachten, weil wir das bisher vergessen hatten; wir hatten vergessen, uns einander vorzustellen.

Wir saßen in der Küche und tranken Kaffee. Er mit Milch und Zucker, ich schwarz. Um uns herum verhielt sich der Raum, wie er es immer tat. Der Kühlschrank begann sein Summen und hörte nach einer Zeit wieder auf. Neben der Spüle standen ein paar benutzte Tassen, Teller, eine Pfanne. Das Sieb im Becken war schmutzig, Essensreste klebten darin, Salatfetzen. Der Kaffeesatz verfing sich immer, wir vergaßen das so oft, Hanna und ich, wir spülten, wir machten sauber, aber dieses Sieb vergaßen wir so oft.

Hendrik griff in seine Hosentasche und zog ein Päckchen Tabak heraus, Filter und Blättchen. Er steckte sich einen Filter zwischen die Lippen. Kann ich hier rauchen, fragte er.

Ich deutete auf die Balkontür. Da draußen. Kann ich mir auch eine drehen?

Mit der Kaffeetasse in der einen Hand und einer Zigarette in der anderen traten wir an die Steinmauer, die das Geländer war, und schauten nach unten. Pflastersteine. In Tontöpfen an der Mauer vertrocknete Blumen. Lavendel, ein paar Kräuter, die den Winter nicht überstanden hatten, natürlich nicht. Auf dem kleinen Tischchen ein überfüllter Aschenbecher, eine Schachtel Streichhölzer, durchweicht. Hendrik reichte mir sein Feuerzeug. Wir rauchten.

Er erzählte, er sei erst seit drei Monaten in der Stadt. Vorher habe er in einer anderen gewohnt, in Hamburg. Jetzt bin ich hier, sagte er, er lächelte, er zog lange an seiner Zigarette. Wie lange wohnst du schon hier?, fragte er.

Ich bin hier geboren.

Er nickte, gespielt anerkennend, in dieser hübschen Wohnung?

Meine Eltern wohnen am Stadtrand, sagte ich, ich pustete Rauch aus, ich räusperte mich, um zu fragen: Was machst du?

Er breitete die Arme aus, legte den Kopf schief. Ich mache es auf jeden Fall professionell.

Wir lachten, ich schüttelte den Kopf, wir zogen an den Zigaretten.

Ich arbeite als Kellner, sagte er dann, ich hab vor fünf Wochen angefangen, ein paar Straßen von hier.

Sagt man noch Kellner? Heißt das nicht: Servicekraft?

Meinetwegen bin ich auch eine Servicekraft.

Mischst du auch Cocktails?

Das, auf jeden Fall, heißt mixen.

Als wir die Zigaretten ausdrückten, hörte ich den Schlüssel in der Tür, dann stand Hanna in der Wohnung, sie winkte in die Küche, zog sich die Schuhe aus und kam zu uns auf den Balkon.

Hanna, sagte sie, und Hendrik sagte seinen Namen, sie schüttelten sich die Hände, und dann holte sie eine Flasche Wein aus dem Regal, ich weiß noch: rot und 3 Euro 75, halbtrocken. Wir taten gerne so, als würden wir uns auskennen; wir füllten drei Gläser und stießen an, es war kurz nach neunzehn Uhr, es war die richtige Zeit für Wein.

Ich wusste nichts zu diesem Zeitpunkt; mein Bild setzte sich zusammen aus seinen Haaren, der Mütze, dem Pullover, den hellen Augen, seinem Grübchen am Kinn, seinen Witzen, seinem Grinsen, seinem Namen, der lautete Hendrik, und so saß er in unserer Küche, so saßen wir dort zu dritt, als wäre es nie anders geplant gewesen.

Nach zwei Gläsern Wein entschuldigte sich Hanna, sie müsse noch ein Referat fertig machen, dieses elende Semester, sie verabschiedete sich von Hendrik und ließ uns allein. Wir füllten unsere Gläser auf, es blieb kurz still, dann räusperte er sich und begann zu erzählen.

Er erzählte von einem winzigen Ort an der Küste, er erzählte vom Meer und von Schiffen und Kränen und Möwen. Ich sah ihn an und ich hörte ihm zu, und auf einmal meinte ich, den Geschmack von salzigem Wasser im Mund zu haben. Ich glaubte, dass da Sand kleben könnte in seinen Haaren, ich hätte gern seine Hände angefasst, um zu fühlen, ob sie rau waren oder nicht. Er tat das gerne, das merkte ich sofort, er machte sich Gedanken über den Aufbau seiner Geschichten, er legte Pausen ein, in denen er langsam ein, zwei Schlucke trank, und er fuhr sich beiläufig mit der Hand durch die wirren Haare.

Er erzählte vom Bootfahren und von jeder Menge Wasser, wie er als Kind den Möwen hinterhergejagt war, mit eisverschmiertem Mund und tränenden Augen vom Wind.

Um kurz nach zehn zogen wir uns die Jacken noch mal an, Hendrik drehte uns zwei Zigaretten, als wir durchs Treppenhaus liefen. Wir waren angetrunken und hungrig, wir wussten, der Abend könnte womöglich zerfallen, wenn wir jetzt nicht für Essen sorgten, also liefen wir ein paar Meter, um die Ecke, weiter, ich hustete, ich rauchte, Hendrik balancierte auf einem kleinen Mäuerchen, die Zigarette zwischen seinen Lippen.

Wir kauften Falafel und noch eine Flasche Wein, vor dem Laden zögerten wir, dann ging Hendrik wieder rein und kam mit einer weiteren zurück. Zur Sicherheit, sagte er.

Wir saßen in der Küche, die jetzt ein wenig nach Knoblauchsoße roch, wir saßen dort bei schwachem Licht und so lange, bis die letzte Bahn längst losgefahren war. Er hätte den Nachtbus nehmen können, aber ich fragte ihn, ob er bei uns schlafen wollte, ich betonte aus irgendeinem Grund das uns und fragte dennoch mit einer solchen Selbstverständlichkeit, dass ich nicht gleich aufstehen konnte, weil mir für einen kurzen Moment schwindelig wurde.

Dann lagen wir nebeneinander. Jeder von uns unter seiner eigenen Decke, zwischen uns eine klare Linie, als wäre da ein Widerstand in der Mitte des Bettes. Draußen surrten die Autos, hupte jemand, hörte man einen Krankenwagen, und Hendrik bewunderte jedes Mal die blauen Schatten, die an die Wand geworfen wurden.

Er erzählte weiter, mehr, aber leiser und langsamer mit der Zeit, bis seine Worte von der Schläfrigkeit aufgefressen wurden. Ich konzentrierte mich aufs Einschlafen, ich versuchte es fest, und dabei sah ich ihn vor mir als kleinen, blonden Jungen in Gummistiefeln und im Friesennerz, ich konnte mir all die Geschichten vorstellen: er auf der Autorückbank unterwegs nach Italien, seine Eltern, der Vater mit kräftigen Händen und Bart und einem braungebrannten Gesicht, die Mutter schön und blond und mit dem Rest dänischen Akzent, der nicht verschwinden wollte.

Ich hätte mich gern zu ihm umgedreht, ihn angefasst, und es hätte mich nicht gewundert nach diesem

Tag, diesem Abend, aber ich zögerte trotzdem, und der Wein drückte meinen Körper sanft in die Matratze hinein.

Hendrik überlegte vielleicht selbst schon eine Weile, aber dann legte er den Kopf ein bisschen schief, in meine Richtung, die Augen bloß halb geöffnet und mit schweren Lidern, und fragte, den rechten Arm schon leicht angehoben, ob er mich umarmen dürfe.

Ich antwortete nicht, sondern wühlte meine eigenen Arme unter der Decke hervor, und wir umarmten uns, im Liegen, ein bisschen unbeholfen, sehr fest. Sein Körper glühte und er roch nach alldem: nach Wind und Sonne und Wasser und ganz leicht, ganz unbestimmt auch nach Zuhause.

3

Früher waren wir meistens zu dritt. Jaro, Hanna und ich. Wir liefen durch die Straßen, vorbei an Reihenhäusern und Vorgärten, bis die Gebäude höher und die Fahrspuren breiter wurden, bis man ein monotones Rauschen hören und mehr von der Stadt erahnen konnte, an deren Rand wir lebten.

Hanna gehörte mit einer Selbstverständlichkeit zu uns, seit sie sich zu Beginn der achten Klasse neben mich gesetzt hatte. Zuerst liefen wir zusammen von der Schule nach Hause, wir stellten fest, dass unsere Wege fast identisch waren. Wir freundeten uns an, wie man das so macht mit dreizehn, vierzehn, und immer öfter verbrachte sie die Nachmittage bei uns und blieb am Abend auf der Terrasse sitzen, während unsere Mutter Salat anmachte und unser Vater kleine Steaks grillte, eins für mich, eins für Jaro und eins für Hanna.

So ergab es sich, so führte eins zum andern, wir blieben danach zu dritt draußen sitzen an den Wochenenden; Jaro und ich waren uns ohnehin nah, und er und Hanna verstanden sich sofort, sie verstanden sich hervorragend.

Ich sagte: Das ist mein Bruder, und das ist meine beste Freundin, und Jaro sagte: Das ist meine Schwester, und das ist meine beste Freundin. Und Hanna sagte: Das ist mein bester Freund und das meine beste Freundin.

Immer häufiger fuhren wir in die Stadt hinein, wir nahmen den Bus und dann die U-Bahn, wir fuhren Kilometer, um Orientierung zu gewinnen, um uns ein Bild von dem Ort zu machen, der unser Zuhause war. Wir liefen durch die Parks und tranken Cola, wir flanierten entlang der Geschäfte, wir berieten uns gegenseitig beim Einkaufen.

Noch früher hatten unsere Eltern Ausflüge mit Jaro und mir gemacht, Familienausflüge an Sonntagen, wir waren im Zoo und in Theatervorstellungen für Kinder. Manchmal zogen unsere Eltern uns an den Händen in Museen, in denen sie sich Bilder und Fotografien und Skulpturen ansahen, während wir uns in großen Hallen versteckten und ermahnt wurden, dass wir nicht rennen sollten. Wir machten Bootsfahrten und gingen essen, und unser Vater sagte immer: Sonntags sind wir auch Touristen hier.

Die Stadt, die wir nun selbst kennenlernten, war

eine andere. Wir gingen nicht in die Museen, nicht in all die abgetrennten Räume, für die man Eintritt zahlen muss, wir wollten all das entdecken, was nichts kostete und einfach so bereit lag, die Parks und Grünflächen, auf denen im Sommer nur schwer ein freier Platz zu finden war, wenn überall Decken und Matten lagen und es nach Grillkohle roch. Wir saßen inmitten von riesigen Familien, die Feste feierten, aus vielen Richtungen kam Musik, Gitarren und Trommeln und manchmal ein Saxophon.

Wir streiften auf Flohmärkten herum, Hanna und ich verbrachten ganze Tage dort und suchten nach Schals und Mützen, nach Lederstiefeln und Büchern. Wir schmiegten uns ins Gedränge und aßen Crêpes, im Winter tranken wir heiße Schokolade, wir stiegen nur ungern in die Bahn zurück ans andere Ende. Wann immer wir Anzeigen fanden von leeren Wohnungen, die vermietet werden sollten, spürten wir ein aufgeregtes Kribbeln im Bauch, wir wollten schnell mit der Schule fertig werden und dann in unsere eigene Wohnung ziehen, weit genug weg vom Stadtrand und von den Vorgärten, in eine der gepflasterten Straßen mit den hübschen Balkonen und den Geschäften im Erdgeschoss.

Wir erzählten das beim Abendessen, und unsere Stimmen überschlugen sich fast, wir fielen uns gegenseitig ins Wort, mein Vater lächelte ein wenig in sich hinein, als würden wir ihn amüsieren. Ich wusste, dass er auch in die Stadt gezogen war, als er jung war, er hatte sich kilometerweit von seinem alten Zuhause entfernt, um hier zu wohnen. Er kam mit neunzehn her, um zu studieren, um in den großen Bibliotheken zu sitzen, um größere Wege mit dem Fahrrad zurücklegen zu können. Er hatte vorerst in einem winzigen Zimmer im Dachgeschoss gewohnt und sich später gemeinsam mit Kommilitonen eine größere Wohnung gesucht, in der er abends oft am Küchentisch saß und Bücher vor sich hatte, er las und lernte mit einem Eifer, als hätte er gewusst, dass er in den ersten paar Semestern sehr konsequent und fleißig sein musste, dass er später genug Ablenkung haben würde.

Meine Eltern hörten sich unsere Pläne an, ich weiß noch, Hannas Mutter saß an diesem Abend auch auf der Terrasse, sie nickten alle und gaben uns Bestätigung, mein Vater versprach, uns bei der Wohnungssuche zu helfen, und Jaro starrte bloß seinen Teller an.

4

Das Meer: immer noch einige Kilometer zu weit entfernt, um zu Fuß zu gehen. So waren es richtige Ausflüge, eine knappe halbe Stunde im Auto, hinaus aus dem Ort und dann über schmale Wege und am Ende entlang der Dünen bis zu einem der großen Parkplätze, auf denen die Fahrzeuge verlorengingen. Der Wind schlug beim Aussteigen ins Gesicht und man orientierte sich neu, die Augen zusammengekniffen, den salzigen Geruch in der Nase, drüben das kleine Restaurant, in dem es mittags Pommes gab und Fisch, dann die paar Stufen aus Stein, ein Deich, grasbewachsen an den Seiten, und immer die Aufgeregtheit, ob das Wasser schon da war oder nicht.

Sie suchten nach Muscheln und Krebsen, im Watt oder dort, wo die Wellen sacht aufschlugen, im Sommer mit Hüten auf dem Kopf und im Winter in Gummistiefeln. Sie versuchten die Schiffe am Horizont zu erkennen, sie zu unterscheiden, Container- und Kreuzfahrtschiffe, Segelboote, Fischkutter. So zogen die Stunden an ihnen vorbei und machten sich nur durch das Wasser bemerkbar, das mehr oder weniger wurde, je nachdem.

Manchmal fuhren sie noch ein paar Kilometer weiter, in eines der Städtchen, die im Sommer die Touristen anlockten mit bunten Fahnen und Geschäften an der Strandpromenade, mit toten Fischen auf Eis in den Schaufenstern und riesigen Maschinen, aus denen man Softeis zapfen konnte. In den meisten Fenstern hingen Schilder, die für freie Zimmer warben; jeder schien dort seine eigene Pension zu haben.

Dann stapften sie in festen Schuhen durch den Sand, vorbei an den nummerierten Strandkörben, die mit Brettern verschlossen waren, sie strichen sich die Haare aus den Gesichtern, bis sie am Hafen angekommen waren. Hendrik lief über die Holzstege, versuchte, in die kleinen Fenster zu schauen, schätzte die Höhe von Segelmasten, manchmal durfte er vorsichtig in eines der kleinen Boote hinein-klettern und an der Pinne sitzen. Auf den größeren Booten fasste er das Steuerrad an, strich über das glänzende, glatte Holz und bewegte das Ruder unter Wasser, dann hörte man oft ein Quietschen und ein Knarzen. Wenn es besonders stürmisch war, fühlte sich das Schaukeln manchmal so an, als wäre man auf hoher See.

Wenn genug Zeit da war, lernte er, wie man See-
mannsknoten machte, und bei den Anglern durfte er
sich die Fische in den Eimern anschauen, die sich noch
bewegten und kämpften, bevor sie viel später dann auf
dem Eis drapiert wurden.

Die Schuhe voller Sand suchte er die Terrassen der
wenigen Restaurants ab, die außerhalb der Hauptsai-
son geöffnet hatten, bis er seine Eltern irgendwo sitzen
sah, mit Sonnenbrillen und in bunten Windjacken.

Die Leute, die ihn auf die Boote steigen ließen, fragten manchmal nach den Eltern und warum ein kleiner
Junge ganz alleine so nah am Wasser unterwegs war.
Dann erzählte er immer die Geschichte, so oft, bis sie
mehr nach einer Legende klang: wie sein Vater ihn ein
paar Wochen lang mit dem Auto in einen größeren Ort
gefahren hatte, in dem es ein Hallenbad gab. Der Vater
trank in großen Zügen aus einer Flasche Mineralwasser, wenn er am Nachmittag aus der Firma kam, und
warf dann eine Sporttasche in den Kofferraum seines
Volvo, und weil gerade kein Schwimmkurs angeboten
wurde, an dessen Ende man sich ein Abzeichen an die
Badehose nähen durfte, brachte er es Hendrik selbst
bei. Er ließ ihn Gegenstände vom Grund hinaufholen
und machte vor, wie er die Arme zu bewegen, wie er
zu atmen hatte. Woche für Woche, bis Hendrik alleine
die Bahnen schwimmen und tauchen konnte, denn mit
fünf Jahren musste man das in dieser Gegend, meinte
sein Vater. Auf den Rückfahrten roch es im Auto nach
Chlor, und die Haare trockneten an der Heizungsluft,
während leise das Radio lief und sich manchmal die
Blicke trafen im Rückspiegel, wenn sein Vater über-

prüfen wollte, ob er schon eingeschlafen war von dem dumpfen Schaukelgefühl, das Schwimmen hinterlässt.

Deshalb durfte er das, allein am Wasser herumlaufen und sich die Segel anschauen: weil er wusste, was im Notfall zu tun wäre, weil er nicht untergehen würde. Und für diese Freiheit, die ihm sein Vater mit all den abendlichen Schwimmstunden geschenkt hatte, war Hendrik ihm so dankbar, dass er trotzdem vorsichtig blieb, kein Risiko einging, dass er auf den nassen Holzplanken umso mehr aufpasste, nicht auszurutschen.

Und auch, wenn der Vater später immer in Korbstühlen auf den Terrassen saß, vor sich eine Tasse Tee, die er seit Stunden zu trinken schien, lief er Hendrik manchmal unbemerkt ein Stück hinterher, um zu beobachten, wie sehr sein Sohn aufpasste, wie sehr er schätzte, was der Vater ihm beigebracht hatte, und während die Mutter in einer Zeitschrift blätterte und gegen den Wind ankämpfte, stand der Vater für ein paar Minuten dort und fühlte sich in dieser Zeit sehr stark und wusste, dass er etwas richtig gemacht hatte, wenigstens etwas.

5

Als Hendrik und ich uns kennenlernten, wechselte die Jahreszeit. Vorher war es April gewesen, ein anstrengender April, so einer, wie er im Buche steht, auf keine Temperatur war Verlass gewesen und auf keine Farbe am Himmel. Täglich fünf Klimazonen, sagte irgendjemand oder: Ein ganzes Jahr in bloß einem Tag, verrückt.

Es fühlte sich beinahe so an, als hätten wir ein Dokument mit kleingedruckten Buchstaben unterschrieben und uns die Hand darauf gegeben, denn wie selbstverständlich sagte Hendrik, als er die Wohnung verließ: Bis bald.

Und im Anschluss hätten wir eigentlich beide zu tun gehabt, Hendrik hatte von der Arbeit erzählt, von den langen Schichten, und auf meinem Schreibtisch sammelten sich Listen, die abzuhaken gewesen wären. Und normalerweise, normalerweise ist es doch auch nicht so: dass man sich sofort anruft, dass man, kaum aus der Tür, neue Nummern wählt und Stimmen hören will, die man gerade erst kennengelernt hat.

Aber wir trafen uns trotzdem, einen Tag später.

In einem kleinen Café bestellten wir heiße Schokolade, die klebrig an den Tassen und an unseren Händen haftete, und konnten kaum reden. Wo vorher mit einer Leichtigkeit seine Geschichten gewesen waren, wo wir uns mit einer Vertrautheit verstanden hatten, da suchten wir jetzt nach Worten, die angemessen gewesen wären, die ausgereicht hätten, und fanden sie nicht. Nach einer Weile fiel uns auf, dass wir den Tag über kaum gegessen hatten, dass die schwere Süße der heißen Schokolade ein Hungergefühl ausgelöst hatte, also bestellten wir zusammen eine Portion Pommes. Das Kauen und Schlucken schien noch unmöglicher als Reden, wir quälten uns mit frittierten Kartoffelstücken, wir zermalmten weiche Masse in unseren Mündern, minutenlang, und dann konnten wir schließlich nicht anders als uns anzugrinsen; wir merkten, dass da gar keine Worte nötig waren.

Ich ging auf die Toilette und schaute mein gerötetes Gesicht im Spiegel an; ich zupfte an meinen Haaren und dachte: Das ist größer, das ist so viel größer als alles, was ich bisher gekannt habe. Und dann dachte ich: Wie absurd. Wie absolut absurd, es war ein Zufall, bloß ein Zufall, dass wir da gemeinsam gestanden hatten im U-Bahnhof, vorgestern. So etwas passiert doch nicht einfach. Das ist nicht die Art und Weise, wie man jemanden kennenlernt, man lädt doch nicht zu sich nach Hause ein nach fünf Minuten, man bleibt doch nicht einfach aneinander hängen.

Man lernt sich doch vorsichtig kennen, im geschützten Rahmen, bei Freunden, auf einer Party, in der Bibliothek. Man verbringt die Zeit mit Banalitäten, wie heißt du, was machst du, wohin, ach so, na dann. Und man küsst sich vielleicht, sogar schon nach Minuten, aber es passiert doch nie irgendetwas, man schläft miteinander, womöglich, aber dabei bleibt es dann, kein lauter Knall, kein Verschwinden aller Zweifel, keine stehengebliebene Zeit, keine große Veränderung. Und schließlich trifft man sich bloß noch, um sich zu rechtfertigen für nichts, man bestellt Getränke aus Höflichkeit und hält sich an den Löffeln fest und verbrennt sich die Zunge.

Als ich von der Toilette zurückkam, saß Hendrik da, schaute kurz auf, er lächelte flüchtig; in der Zwischenzeit hatte man unseren Tisch abgeräumt.

Wir bezahlten und trugen unsere Jacken durch das Café, wir öffneten die Tür und traten auf die Straße, wo uns zum ersten Mal eine Luft entgegenschlug, die man als mild bezeichnen konnte.

Ich wusste, da würde nun noch kein Abschied kommen an der nächsten Ecke oder Bushaltestelle, wir liefen nicht, wir flanierten den Gehweg entlang, bogen hier und da ab, unbestimmt und ziellos, und unsere Gesichter ließen sich bloß allmählich herunterkühlen, während wir proportional dazu die Worte wiederfanden.

Hanna ist nett, sagte Hendrik.

Hanna ist auch die Freundin meines Bruders.

Ein hübsch eingesetzter Genitiv.

Oder?

Ich hab mal Germanistik studiert, drei Semester lang.

Und vorzeitig abgeschlossen?

Ich bin einfach nicht mehr hingegangen.

Ein Austausch von Nötigstem, ein Smalltalk, ein in Hendriks Witz geworfenes, winziges Gespräch. Es kam mir vor, als würde ich jedes Wort, das er sagte, genauso erwarten, als könnte es nicht anders sein, und hin und wieder, wenn ich seinen Blick erwischte, wusste ich, dass es ihm genauso ging. Wir sprachen gemütlich, wir dehnten unsere Sätze, ließen uns Zeit; immer bloß eine Information auf einmal, aber ein permanentes Brennen um den Mund dazu, ein Gefühl wie Unterzuckerung. Unterzuckerung ohne Gefahr.

Als uns nach einer Weile dann doch eine Restkälte in die Ärmel gezogen war, stießen wir eine Tür auf, wie abgepasst, wie geplant, die Kneipe, in der Hendrik arbeitete, seit fünf Wochen und zwei Tagen; ich hab noch eine Stunde, sagte er.

Ich setzte mich an einen winzigen Tisch am Fenster, Hendrik kam nach mit zwei Flaschen Bier, er servierte, wie es sich gehört, er sagte: Die Dame, er präsentierte die Flasche mit spitzen Fingern, bis ich schließlich nickte und sagte, dass ich ihm vertraue.

Ein Glück, sagte er, mit Bier kenne ich mich nämlich aus.

Dann verschwammen unsere Worte; als wäre es ganz klar, dass wir in geschlossenen Räumen nicht kommunizieren konnten, tranken wir schweigend, wir sahen aus dem Fenster, wir schauten auf die Straße, in der es langsam dunkler wurde und die Laternen nach und nach aufleuchteten.

Der Laden füllte sich und der Sauerstoff wurde gleichmäßig weniger, wir fielen kaum mehr auf unter all den Menschen und ihren Gesprächen, jemand stellte die Musik lauter, jemand läutete einen Abend ein. Ich bestand darauf, uns ein zweites Bier an der Theke zu kaufen. Beim Rückweg hatte ich Angst, dass mir die Flaschen aus der Hand rutschen könnten, ich umgriff die Hälse fest mit feuchten Händen.

Ich setzte mich nicht wie zuvor ihm gegenüber, sondern neben ihn auf die schmale Bank, und er bewegte sich nicht zur anderen Seite, sondern rückte Zentimeter näher, sein Gesicht so nah an meinem, wie es nötig war, damit ich seine Worte verstand.

Du faszinierst mich. Und: dass er sich wohlfühle gerade, dass ihn all die Faszination so nervös mache, dass er kaum reden könne, nervös auf eine gute Art, er sagte: Die Zeit mit dir ist gut.

Mein Mund verzog sich zu einem Lächeln, ohne dass

ich es hätte beeinflussen können, und wir umarmten uns, ein zweites Mal, wir umarmten uns auf der schmalen Bank zwischen all den anderen Leuten, wir atmeten gegenseitig in unsere Nacken, an seinem grauen T-Shirt klebte ein wenig Schweiß, und er wirkte erleichtert, als wir uns lösten, als würde er aufatmen, als könnte er jetzt wieder besser Luft holen in dem stickigen Raum.

Vor der Kneipe fiel mir ein, dass es nicht weit war nach Hause, ich brauchte kurz, um mich zu orientieren, und ging dann los, mit einem Blick nach irgendwo gerichtet, nur nicht nach vorn. Ich lief über zwei rote Ampeln, ohne dass ich mir Gedanken darum gemacht hätte; meine Jacke blieb offen, die Luft war mild, und ich atmete den Kaffeeduft, der über den Dächern hing, er hängt hier immer.

Je näher ich der Wohnung kam, desto nervöser wurde ich. Als ich ankam, wurde ich hektisch, ich nahm zwei Treppenstufen auf einmal und war außer Atem, als ich mit zittrigen Fingern die Wohnungstür aufschloss, hinter der eine leere Wohnung lag. Ich ließ mein Handy auf den Küchenboden fallen, dann rief ich Hanna viermal an, ohne dass sie abnahm, ich trank noch mit den Schuhen an meinen Füßen zwei große Gläser Wasser aus der Leitung und wollte gerade zum fünften Mal wählen, als ich ihren Schlüssel in der Tür hörte.

Wir standen uns im Flur gegenüber, ich mit meinem roten Gesicht und einer Aufgeregtheit im Bauch, sie ein wenig gehetzt und mit ihrer Müdigkeit im Blick. Ich sagte, dass ich Hendrik wiedergetroffen hatte, an diesem Nachmittag.

Während sie ihre Schuhe aufschnürte, wiederholte sie fast gleichgültig den Namen. Hendrik. Und dann noch einmal, als sie geschäftig an mir vorbeiging in die Küche: Hendrik also.

Sie wusste, was ich ihr mitteilen wollte, und ich konnte nicht sagen, ob mich ihr Schulterzucken wütend oder traurig machen sollte, auf jeden Fall legte es sich für einen Moment über die Aufgeregtheit und den Nachmittag ohne überflüssige Wörter.

Als ich schon im Bett lag, später, kroch sie irgendwann unter meine Decke, das hatte sie ewig nicht getan, und legte ihren Kopf neben meinen aufs Kissen.

Sie lächelte, wie um sich zu entschuldigen, und fragte, warum ich mir so sicher sei.

Ich dachte: Weil ich mir schon nach diesem einen Nachmittag nicht mehr vorstellen kann, wie es jemals ohne ihn war, und dass man da keine Spuren mehr verwischen kann, schon jetzt nicht mehr.

Ich sagte nichts, ich schloss meine Augen, ich lächelte, und Hanna strich mir über den Kopf.

6

Jaro lernte für seine Abiturklausuren. Unsere Eltern ermahnten ihn nicht, sie sagten ihm bloß, dass er es eigentlich besser könnte, dass er womöglich ein bisschen zu faul gewesen sei in den letzten Jahren. Er konnte das alles verstehen, all die physikalischen und mathematischen Formeln, in seinem Kopf ergab es einen Sinn. Wenn er sich erst eine Weile damit beschäftigt hatte, waren die Lösungswege und Ergebnisse bloß eine logische Konsequenz. Meistens hatte er nicht die Geduld, mir etwas zu erklären, weil ich es gar nicht wirklich verstehen wollte, ich ließ ihm sein Talent und blieb in den Fächern meistens gerade so durchschnittlich.

Er hatte sich für einige Wochen zurückgezogen, blieb an seinem Schreibtisch und löste Beispielaufgaben, prägte sich die Buchstaben und Zeichen ein, las englischsprachige Bücher und malte Plakate, die er an die Wände hängte. Er gab sich Mühe, weil er wusste, dass unsere Eltern sich darüber freuten, und weil er sich bis zur dreizehnten Klasse immer alles hatte erlauben können, immer noch eine Stunde länger bei Freunden am Abend, immer häufiger Wochenenden in der Mitte der Stadt; manchmal war er zu Hause geblieben, obwohl er gar nicht richtig krank gewesen war, unsere Mutter hatte dann frühmorgens in der Schule angerufen und gesagt, er habe schon wieder eine Mandelentzündung, wie ärgerlich; sie hatte ihm zugezwinkert und sofort klargestellt, dass es eine Ausnahme war.

Und während seine Freunde sich dann mit einem Schädel in den Unterricht quälten oder in den Wohnungen von älteren Geschwistern liegenblieben, saß Jaro zu Hause, mit Augenringen, zerzausten Haaren und einem schiefen Grinsen, und unser Vater lachte und fragte ihn interessiert nach verschiedenen Schnapssorten, woraufhin Jaro angewidert das Gesicht verziehen musste.

Aber in den Wochen vor den letzten Klausuren, da blieb er in seinem Zimmer, da saß er mir bei den Mahlzeiten gegenüber und war kaum zu einem Gespräch fähig, weil in seinem Kopf zu viele Formeln schwirrten. Er erzählte knapp, was er schon geschafft hatte und was noch bevorstand, und unsere Eltern tauschten Blicke aus, in die sie schon lange vor den Prüfungen einen Stolz gelegt hatten, der mir immer auffiel und der Jaro im Stillen dazu brachte, durchzuhalten, noch ein paar Wochen, für sie.

Als die Prüfungen vorbei waren, waren wir wieder öfter zu dritt. Jaro wurde schnell wieder so lebhaft wie vorher, er schien all das Gelernte abzuschütteln und seine Leichtigkeit zurückzugewinnen. Er nahm uns auf Partys mit, die sein Jahrgang organisierte; lange vor dem Abiturball feierten wir in Jugendhäusern und manchmal in Läden in der Stadt, wir hatten uns längst an den Geschmack der günstigen Biere gewöhnt. Wir tanzten und grölten und freuten uns mit Jaro, dass es jetzt vorbei war, dass erst einmal niemand mehr von ihm verlangen würde, dass er sich Formeln einprägte, dass er nicht mehr um acht Uhr auf dem Linoleum bereitstehen musste, bis der Computerraum aufgeschlossen wurde.

Er hatte selten darüber gesprochen, was er danach machen wollte. Unsere Eltern hatten ihm manchmal vorsichtig Studiengänge vorgeschlagen, ins Blaue hinein, nicht, weil sie wirklich glaubten, ihn würde das interessieren, sondern vielmehr, weil sie ihm zeigen wollten, wie viele Möglichkeiten es gab und dass er sich irgendwann würde entscheiden müssen.

Hanna und ich, wir hatten auch zu wenig darüber nachgedacht, was sein würde, wenn Jaro mit der Schule fertig war und wir noch ein Jahr vor uns hatten, wir hatten unseren Plan für später, für ein Danach, und erst, als wir schon eine Wohnung gefunden hatten, fiel mir auf, dass es in diesem Plan von Anfang an gar keinen Platz für Jaro gegeben hatte, eigentlich.

Als Jaro und ich gegen vier, fünf Uhr am frühen Morgen zusammen von einer Party nach Hause liefen, an dem Tag, an dem später die Zeugnisvergabe stattfand und Jaro seines etwas wankend entgegennehmen musste, da sagte er plötzlich in die Stille hinein, dass er reisen wollte, nach Asien, und er warf mir einen Blick zu, der plötzlich nicht mehr müde und angetrunken war, sondern aufgeregt und entschieden. Wir waren zu zweit, Hanna lief nicht neben uns, als er mir von seinen Plänen erzählte, noch bevor er sich genauer informiert, noch bevor er unsere Eltern nach einer Meinung gefragt hatte. Und ich liebte diese Rolle, noch ein paar Tage konnte ich sie auskosten, wir schauten uns wissend lächelnd an, wann immer wir uns im Haus begegneten, ein paar wenige Tage lang war ich die Einzige, die außer ihm wusste, was er vorhatte, und ich versuchte, vor ihm zu verheimlichen, wie sehr mich das berührte.

Ich wusste, wenn er jetzt wegging, egal für wie viele Monate, dann war ich es, die ihm am nächsten stand, die er zuerst eingeweiht hatte, an die er denken würde.

Am Anfang machte ich mir Sorgen, komischerweise, ich schien aus der Leichtigkeit und der Sicherheit herausgefallen zu sein für einen Moment. Als die Flüge dann längst gebucht waren, bekam ich Angst, eine grundsätzliche und prophylaktische Angst. Jaro wollte nach Indien und Nepal, nach Thailand und Laos und Kambodscha, auf eigene Faust, er würde unterwegs Leute treffen, mit denen er für eine Weile gemeinsam unterwegs sein konnte, aber im Grunde würde er allein sein.

Unsere Eltern fanden die Idee gut, sie mochten Asien und gaben Jaro Geld, das er nicht wollte. Er nahm ihre Tipps und las ihre Reiseführer und ließ sich sagen, welche Impfungen er brauchte, aber er nahm nicht ihr Geld.

Wir brachten ihn zu dritt zum Bahnhof, das war unbefriedigend, wo es doch um so eine große Reise ging, da wollte man mindestens einen Flughafen, aber Jaro musste erst mit dem Zug fahren.

Er sah gut aus, er hatte die Wochen nach dem Abitur, nach den endlosen Feiern mit Arbeiten und Sport verbracht, jeden zweiten Tag begegnete er mir morgens im Flur, verschwitzt und keuchend nach dem Joggen, beim Frühstück saß er mit nassen Haaren und roch nach Männerduschgel, ungewohnt erwachsen.

Er trug den riesigen Trekkingrucksack auf dem Rücken, in den Händen eine Flasche Wasser und eine Papiertüte vom Bäcker. Seine Augen leuchteten, seit Wochen fieberte er diesem Tag entgegen, freute sich auf das, was jetzt kam, er war aufgedreht, und ich konnte mir nicht vorstellen, wie er stillsitzen würde während der nächsten Stunden im Zug und im Flugzeug.

Er redete jede Menge Zeug, scherzte mit unserem Vater auf der Rolltreppe zum Gleis, ließ sich die Schulter tätscheln und tat so, als würde er zusammenbrechen unter all dem Gewicht. Oben stellte er den Rucksack ab, schaute sich um, ein bisschen zu theatralisch, er strich mir über den Kopf und lachte, als wollte er mich besänftigen, als wollte er sagen, dass ich es doch gewusst hatte, von Anfang an und als Erste. Er nahm mich fest in den Arm, als der Zug schon einfuhr. Und als er den Rucksack wieder auf den Rücken hievte, die Gurte an seiner Hüfte herauszog, als er unsere Mutter umarmte, da lag in ihren Augen der ganze Stolz und die geteilte Vorfreude, aber auch Besorgnis. Zum ersten Mal sah ich ihren Blick zweifeln, sah ich sie ein bisschen verängstigt. Und mir schoss durch den Kopf: Was, wenn jetzt nicht mehr alles gut geht? Wenn es Jaro trifft? Ausgerechnet?

Mein Magen zog sich zusammen, und ich sah stumm zu, wie er sich sortierte, das Ticket aus der Hosentasche nestelte, die Wagennummer suchte, das Atmen brannte in meiner Lunge, die Bahnhofsansagen klangen schrill und metallisch.

Dann war er eingestiegen, bahnte sich einen Weg durch den engen Gang auf der anderen Seite der Fensterscheiben, unsere Eltern winkten wie die Wahnsinnigen, meine Mutter warf Kusshände, Jaro drückte seine Nase gegen die Scheibe und verzog das Gesicht zu Grimassen. Als der Zug anfuhr, stand er immer noch da, hatte seinen Sitzplatz noch nicht gesucht, er hob die Hand und lächelte, er sah uns alle an, und ich war heilfroh, weil ich ihn dann lächeln gesehen hätte, wenn es das letzte Mal hätte gewesen sein sollen.

Hanna und ich zu zweit: Wir gingen weiter zur Schule, zählten die Monate und Wochen bis zum Abitur und schwänzten manchmal den Sportunterricht, weil wir es albern fanden, mit bunten Bändern durch die muffige Halle zu tanzen. Wir überlegten uns, welche Schwerpunkte wir für die letzten Klausuren wählen wollten, wir schauten Universitäten und Fachhochschulen an und hin und wieder die Wohnungsanzeigen.

Die Partys, zu denen Jaro uns mitgenommen hatte, planten wir jetzt selbst, wir schliefen an den Wochenenden bei Freunden in der Stadt und verbrachten den Sommer auf den weiten Grünflächen und an den großen Seen. Wir kannten uns plötzlich aus.

Hin und wieder verknallten wir uns, mal in einen Jungen aus dem Jahrgang, mit dem man nächtelang wach blieb, mal in jemanden, den wir zufällig kennengelernt hatten, den man in verrauchten, dunklen Clubs geküsst und dann vielleicht noch ein paar Mal wiedergetroffen hatte.

Wenn wir nicht zusammen waren, riefen wir uns mitten in der Nacht an, redeten schlaftrunken und wussten alles, immer, sofort. So wie ich mit Hanna redete, hätte ich mit keiner anderen Person reden können, das wusste ich, und sie wusste es auch, und deshalb war es nicht schlimm, dass wir doch meistens allein blieben, dass alles nach kurzer Zeit endete, dass unsere Verliebtheit stets vielmehr ein Zeitvertreib als eine Ernsthaftigkeit gewesen war. Wir hatten unseren Plan, wir schauten noch vor den Klausuren aus Neugier Wohnungen an, wenn es zeitlich gerade passte. Dann trugen wir Blusen und tuschten die Wimpern etwas mehr als gewöhnlich, wir sprachen etwas zu aufgesetzt mit den Vermietern, sagten, wir seien Studentinnen, ich behauptete immer, Wirtschaft oder Medizin, und Hanna von Anfang an Psychologie.

Wir vermissten Jaro gemeinsam, während er unterwegs war, an jedem Tag, auf der Bank an diesem Abend und bei allem, was wir neu entdeckten, aber ich war mir sicher, das größere Recht dazu zu haben; immerhin war er mein Bruder und nicht Hannas.

Aber es traf nicht Jaro. Und schon bald, nachdem wir erfahren hatten, er war irgendwo angekommen, begann sich die Angst zu lösen. Er schrieb uns allen wenige, aber regelmäßig E-Mails und mir hin und wieder Postkarten, auf denen nicht viel mehr stand, als dass es ihm gut ging, dass er viele Menschen traf und sich Geschichten zu merken versuchte, die er mir erzählen wollte. Das war wie ein Versprechen, und ein Jahr später löste er es ein und war wieder da, unversehrt und braungebrannt, mit seinem Lächeln und seiner Leichtigkeit.

7

Ich beeilte mich schon morgens. Ich wurde schneller wach, beim ersten Weckerklingeln oder sogar noch vorher, ich hastete unter die Dusche und hielt mich an verkalkten Armaturen fest, wenn mein Kreislauf abzusacken drohte; mein Kreislauf braucht etwas Zeit am Morgen, und die Zeit hatte ich nicht mehr, ich hatte schnell einen Tag hinter mich zu bringen.

Ich stürzte in Kleidung und Schuhe, ich verbrannte mir zwischendurch die Zunge am Kaffee, der viel zu dünn war, sich nicht lange genug gesetzt hatte. Essen war lästig geworden, es nervte mich, dass man das ständig tun musste, gegen das Ziehen und Knurren im Magen, aus Vernunftgründen, man hat nun einmal zu essen, das ist biologische Pflicht. Auf dem Weg zur U-Bahn biss ich notgedrungen in Äpfel, ich riss winzige Stücke von noch warmen Schrippen ab, wenn ich schon in der Uni saß, formte Kugeln aus dem weichen Innenteil und hielt es kaum aus, zu kauen. Genauso wenig hielt ich es aus, in geschlossenen Räumen zu sein. Solange sich die Seminarteilnehmer sammelten, war es in Ordnung, solange Jacken ausgezogen und über Stuhllehnen gehängt wurden, so-lange sich unterhalten und locker auf den Tischen gesessen wurde; aber sobald sich dann Dozierende anmaßten, die Tür zu schließen, wurde ich nervös. Anderthalb Stunden waren dann auszusitzen, Präsentationen waren anzuschauen, austauschen musste man sich, diskutieren, den Arm in die Höhe recken und hoffen, drangenommen zu werden, dann musste man Standpunkte formulieren, so, dass es mühelos klang und strotzte vor Intellekt.

Ich versuchte all das als Ablenkung zu betrachten, ich sagte mir: Gut, da ist doch sogar Profit herauszuholen, ich nehme etwas mit, ich lerne, ich konzentriere mich, ich widme mich ganz bewusst anderen Dingen. Doch es funktionierte nicht, von Anfang an nicht. Ich behielt die Uhrzeit im Blick und packte so unauffällig wie frühzeitig meine Sachen ein, noch während letzter Floskeln eilte ich aus dem Raum, rannte durch Flure und treppauf, treppab, je nachdem. Wenn mich jemand sah, rief, an der Schulter festhielt, warf ich hastig Entschuldigungen zu. Tut mir leid, ich muss los, sorry; dann war ich weg, um die Ecke oder zur Tür hinaus. Den anderen ließ ich ihre eigene Interpretation. Vielleicht ein Arzttermin, ein Job, ein Notfall. Obwohl es sich eigentlich ausschließen müsste, wurde ich waghalsig: Auf dem Rad überfuhr ich rote Ampeln mit nur winzigen Blicken nach rechts und links, ich sprang fünf, sechs Stufen hinunter, wenn die U-Bahn bereits ihre Türen zu schließen drohte.

Ich holte ihn in der Kneipe ab kurz nach Schichtende, wenn er noch ein Bier am Tresen trank, eine Zigarette rauchte und den Kopf in regelmäßigen Abständen nach hinten drehte, zur Tür, um nachzusehen, ob ich gerade hereinkam.

Zu Hause verschwendeten wir keine Zeit damit, uns Getränke anzubieten, ein spätes Abendessen zu kochen oder Nichtigkeiten zu besprechen. Es ging uns nicht um Tagesinhalt, nicht um den Austausch, nicht in allererster Linie, es ging uns darum, so schnell wie möglich zu verschwinden aus all dem, was uns die Zeit raubte, was sie uns zumindest so streng einteilte.

Wir umarmten uns so sehr, dass manchmal die Luft wegblieb, ganz von selbst. Dann tasteten wir uns fingerkuppenweise vor, wir schmeckten Reste von Überflüssigem, das uns bis hierher gebracht hatte: Mittagessen, Kaffee, Kaugummis, Zigaretten. Wir machten uns nichts vor, keine falschen Eitelkeiten, wir taten nicht so, als würden unsere Tage erst dann ganz frisch beginnen, wenn wir uns sahen. In einem übertragenen Sinne war das genau so, das wussten wir; aber auch, dass da zuvor für Stunden eben doch all diese Notwendigkeiten und Pflichten gewesen waren. Damit hatten wir uns lange genug beschäftigt; jedes Zähneputzen hätte uns zwei, drei Minuten gestohlen.

Der Restgeschmack in unseren Mündern vermischte sich, verschwamm zu etwas Gemeinsamen, während wir uns hektisch aus der Kleidung zerrten.

Ich hab dich vermisst, dafür war Platz zwischen knappen Atemzügen. Ich befühlte Hendriks Körper, als würde ich nach Veränderungen suchen, ist das alles so, wie es gestern Abend, heute Nacht, heute Morgen noch war? Seine Haut war weich, er roch nach Salz, ich nahm tiefe Züge in seinen Haaren.

Die Abende, die Nächte gehörten uns. Wir lagen ohne Uhrzeit da, bloß ab und zu wurden wir daran erinnert, dass es noch eine Realität gab. Hanna klopfte und fragte, ob sie etwas aus dem Supermarkt mitbringen solle. Wir versteckten uns, wir unterdrückten Lachanfälle, bis einer von uns es schaffte, Danke, nein, zu sagen. Wir gingen nicht raus, wir wussten nicht, wozu. Es gab keinen Grund. Wir hatten hier alles, was wir brauchten, das heißt: uns. Und wir hätten uns auch in einer Bar gehabt, im Kino, in einem Restaurant, auf der Straße, aber eben nicht so; wir hätten uns dann teilen müssen mit einer ganzen Welt, die nach Aufmerksamkeit schrie.

Findest du das schlimm, fragte Hendrik irgendwann, meine Antwort war bloß, dass ich meinen Kopf vergrub, halb an seinem Nacken, halb unter dem Kissen.

Wir müssen uns erst mal aufladen, sagte er. Damit wir gewappnet sind für diese ganze Welt.

8

Ich hatte nie einen Gedanken daran verschwendet, dass es Dinge zwischen Jaro und mir geben könnte, die uns auseinander bringen oder wenigstens die Entfernung zwischen uns vergrößern könnten, auch damals nicht, im Urlaub, früher. In Portugal auf einem Campingplatz. Jaro muss etwa fünfzehn gewesen sein, und er und unser Vater erkundeten seit Tagen alle Landschaften, sie kletterten auf Klippen herum, stürzten sich in die Wellen, wanderten kilometerweit dort, wo keine Wege waren. Unsere Mutter und ich lasen, wir räusperten uns am Strand, kniffen die Augen zusammen und hielten inne bei schönen Sätzen, lasen sie einander vor, tauschten die Bücher, drehten uns auf den Bauch. An den Abenden kochten wir gemeinsam vor unserem Zelt. Da gab es ein Mädchen gegenüber, auf der anderen Seite des Weges, ich hatte es schon ein paar Mal gesehen. An diesem einen Abend schaute sie Jaro an, sie versuchte es unauffällig zu tun, aber ich bemerkte es. Jaro war braungebrannt und seine Haare dunkelblond und zerzaust vom Wasser, seine Augen strahlten, er schnippelte Karotten und Zwiebeln, leichte Bewegungen mit den Händen, er wischte die kleinen Stücke elegant in den Topf. Er bemerkte sie auch, die Blicke.

Nach dem Essen war es dunkel, unsere Eltern saßen in Fleecejacken in ihren Campingstühlen, Rotweingläser in den Händen. Ich tat so, als würde ich Musik hören mit dem Discman, aber ich beobachtete Jaro, er hatte vorher den Abwasch gemacht, mit dem Mädchen neben sich, das eine große Salatschüssel aus Plastik dreimal hintereinander spülte.

Jetzt saßen sie zusammen auf der Mitte des kleinen Kiesweges zwischen den Zelten, Jaro erzählte und lachte und strahlte, sie war etwa so alt wie er, schwarze Korkenzieherlocken. Dann stand er auf, nahm sich eine Kapuzenjacke aus dem Zelt, kommunizierte über Blicke, unser Vater nickte ihm zu, das Mädchen stand auf und sie schlenderten beide in Richtung Strand.

Es verunsicherte mich, die beiden zusammen zu sehen, auch in den nächsten Tagen, als sie ständig nebeneinander auf den Handtüchern lagen, als wir zu dritt Abendessen kochten, meine Eltern und ich, während Jaro mit dem Mädchen auf der Terrasse vor dem kleinen Imbiss saß oder stundenlang unauffindbar blieb.

Aber ich machte mir keine Gedanken darüber, dass der Zustand anhalten könnte, dass es so blieb, auch später, zurück zu Hause.

Irgendwann bauten wir das Zelt ab, verstauten die Wäscheleine, den Campingkocher, die Handtücher voller Sand. Und als wir in der S-Bahn saßen, auf dem Weg zurück vom Flughafen, da konnte ich Jaro wieder in die Augen sehen und darin erkennen, dass es keinen Grund gab, mich unsicher zu fühlen, dass alles wieder so war wie zuvor.

Ich verstand nicht, woher es kam, woraus da etwas hatte entstehen können, das mich verwirrte und beschäftigte. Ich überprüfte jedes Wort, jede Geste, wenn ich mit Hanna zusammen war, mir fiel bloß auf, dass sie zielstrebig war, wie immer, und sie bestätigte unsere Pläne mit ihren aufgedrehten Anrufen, wenn sie im Internet eine Wohnung gefunden hatte. Aber trotzdem war etwas verändert, auf eine Art, die ich nicht einordnen konnte, wenn wir abends zusammensaßen so wie früher, Jaro, Hanna, unsere Eltern und ich.

Jaro war gleich umgezogen, als er aus Asien zurückgekommen war, in ein freies Zimmer in einer der Wohnungen, die wir noch von früher kannten, ein Fußballfreund von ihm wohnte auch dort, Chris. Obwohl uns jetzt nur noch eine halbe Stunde mit Bus und U-Bahn trennte, begann sich allmählich mehr zwischen uns zu legen als während der Zeit, die nur aus wenigen E-Mails und Postkarten bestanden hatte.

Hanna und ich schrieben unsere Klausuren, wir bestanden, wir feierten, meine Eltern hielten sich bei der Zeugnisvergabe an den Händen, und wir machten Fotos, alle hergerichtet in schönen Kleidern und Anzügen, wir machten Familienfotos, die später im Flur aufgehängt wurden, eines mit Hanna und ihren Eltern, und später bemerkte ich, dass Hanna und Jaro sich darauf einen Blick zuwarfen, der eine Weile undefinierbar blieb und den niemand gesehen hätte, wäre er nicht auf einem Foto eingefangen worden.

In einer kurzen Zeit nach dem Abi zerstreuten wir uns, Hanna flog für ein paar Tage nach Istanbul, um eine Cousine zu besuchen, Jaro bewegte sich zwischen seiner Wohngemeinschaft und der Uni hin und her, und ich überlegte lange, was ich jetzt tun sollte.

Hanna hatte schon ihre Bestätigung, sie bekam sofort einen Studienplatz, Psychologie, ich befand mich in der Schwebe. Das Einzige, was ich sicher wusste, war ein Hierbleiben, ich zog gar nicht erst in Betracht, die Stadt zu verlassen, solange die anderen hierblieben, Hanna und Jaro und meine Eltern, noch immer in ihrem Haus, das bald zwei leere Zimmer haben würde.

Hanna und ich suchten weiter nach Wohnungen, aber manchmal kam es mir so vor, als würden wir das tun, um uns vor einem Auseinanderfallen zu bewahren, und nicht, weil wir noch immer und so unbedingt zusammenwohnen wollten.

An einem Mittwochmorgen standen wir um kurz vor acht vor einer Tür bereit, wir waren die Ersten. Bevor der Ansturm kam, hatten wir schon die beiden Zimmer gesehen, dritter Stock. kaum renovierter Altbau, knarzende Dielen im Flur und weiß lackierte Türen, ein winziger Balkon, zur Straße hinaus, Ecken und Winkel in der Küche. Hohe Decken, Staub, der in der Morgensonne tanzte und kleine Steinchen auf dem Boden. Der Vermieter war ein älterer Herr, und wir waren fast sicher, wir mussten ihm zu jung sein, er suchte vielleicht ein ruhiges, kinderloses Akademikerpaar, jemanden, der für jedes bisschen Stuck an der Decke mit frischgedruckten Geldscheinen winken würde.

Wir blieben bis zum Schluss, während viele Menschen durch die Räume liefen, probehalber die Fenster öffneten und Fragen stellten, wir setzten uns im größeren der beiden Zimmer auf den Boden, so als hätten wir nur diese Zeit in der Wohnung, als würden wir sie völlig auskosten wollen, bevor wir gehen und eine

abgeschlossene Tür zurücklassen mussten, die irgendwann Tage später jemand aufschließen würde, der
Glück gehabt hatte.

Ich hatte den Verdacht, dass wir aufgeben würden,
dass dies der letzte Versuch war, dass wir uns danach anderswo umschauen würden, nach Zimmern
in Wohngemeinschaften, dass wir vielleicht noch länger als geplant am Stadtrand wohnen würden. Wir haben nie darüber gesprochen, ob es so gewesen wäre,
aber ich war mir sicher, dass uns dieselben Gedanken durch den Kopf schossen in den Minuten auf dem
Holzfußboden, bis der Vermieter die letzten Hände
geschüttelt und Anrufe versprochen hatte.

Wir hatten keine Erklärung, vielleicht waren wir ihm
einfach sympathisch gewesen, vielleicht mochte er die
Art, wie wir im Schneidersitz auf dem schmutzigen
Boden ausharrten, er stand im Türrahmen und klopfte gegen das Holz, als wollte er uns aufwecken, und
sagte, wir könnten sie haben, wenn wir denn wollten.
Er sagte es so, als wäre es gar nichts Besonderes, als
würde er gar nicht verstehen, welche Bedeutung das
für uns hatte, und wir sprangen auf und mussten uns
beherrschen, nicht loszuschreien; wir bedankten uns
unzählige Male und unterschrieben dann den ersten
Mietvertrag unseres Lebens.

Wir waren gerade erst umgezogen, die Küche war noch
nicht fertig gestrichen und es gab noch keinen Inter-
netanschluss, als ich endlich bemerkte, was in den letzten Monaten für die kleine, stetige Verwirrung gesorgt
hatte. Es war die Art, wie Jaro half, die Möbel in Hannas

Zimmer herumzuschieben, wie sie lachten und ernstere Gesichter machten, sobald ich den Raum betrat.

Ich hielt mich zurück, wollte mich in nichts einmischen und machte meine Zimmertür zu, während ich Bücher ins Regal einsortierte und Gardinen an die Stange hängte und dabei das Gefühl nicht loswurde, dass ich mich nicht einrichtete, sondern vielmehr von einem Ort entfernte.

9

Ohne Einkaufsliste zogen wir los, um überschwänglich einzukaufen. Wir beluden einen der roten Plastikkörbe im Supermarkt mit allem, wonach uns der Sinn stand: Avocados, Feigen, Ruccola, Mangojoghurt, weiße Schokolade, Schafskäse, Himbeermarmelade, Wein, Ciabatta, Orangen, Olivenmus, Rote Bete, Fenchel, Schaumküsse. Wir liefen manisch in den schmalen Gängen um die Wette, schlitterten über den Fußboden, der supermarktglatt war.

Ein Einkauf mit Hendrik war ein Erlebnis. Er blieb vor den frischen Kräutern stehen. Petersilie, Schnittlauch, Basilikum, Rosmarin, Minze. Schau mal, sagte er, er riss die Augen auf, nahm ein winziges Thymianpflänzchen in beide Hände. Ich schenk dir diese Blume, diese grüne Schönheit, diese duftenden Blüten, sagte er, als würde er Theater spielen. Wir machen das so, wie es sich gehört, ich schenk dir Blumen, ich will dir schmeicheln.

Ich verkniff mir, sofort zu lachen, ich sah mich unauffällig um und sagte dann laut und verärgert: Wie kannst du 'was verschenken, das dir nicht gehört? Du machst dich lächerlich. Ich drehte mich energisch um, hielt mir die Hand vor den grinsenden Mund, ein paar Leute schauten vorsichtig in unsere Richtung.

Ich kauf sie dir, rief Hendrik, wenn du sie willst, kauf ich sie dir, ich kauf dir alles.

Er war standhafter bei diesem Spiel, er blieb ganz ernst, wie er dastand mit seinen hängenden Schultern, das Pflänzchen schief vor der Brust, die Haare zerzaust und ein Blick wie ein vergessener Hund. Ich zierte mich, spielte ein Auftauen, ich drehte mich im Kreis und deutete auf die Tomaten, den Ingwer, das Trockenobst.

Ich will das alles, sagte ich, kaufst du mir das alles?

Hendrik ließ sein Pflänzchen fallen, er ließ es einfach aus den Händen fallen und erntete dafür erboste Blicke, dann sagte er, enttäuscht wie ein Kind: Das kann ich mir nicht leisten.

Wir liefen weiter, Hendrik deutete im Gehen Verbeugungen für das unfreiwillige Publikum an, wir fassten uns an den Händen, eiligen Schrittes verließen wir die Gemüseabteilung. Nichts mussten wir absprechen, hier ergab sich alles von allein. So streckten wir jetzt beide unsere Rücken durch, aufrecht und eng beieinander schritten wir und hielten dann vor den vielen Tee- und Kaffeesorten inne.

Können wir die Mission starten, fragte Hendrik, todernst und gewispert.

Ich sah mich prüfend um. Nickte unauffällig. Alles im grünen Bereich, sagte ich.

Okay, hast du die Aufkleber dabei, fragte Hendrik weiter, und ich zog imaginäres Papier aus der Tasche. Gut so, sagte er, er fasste die verschiedenen Kaffeeverpackungen an, als würde er etwas daran befestigen, als würde er plakatieren. Ich finde es nur fair, wenn auf unfairen Produkten auch unfair draufsteht, sagte er, lauter jetzt, laut genug, dass es auch in den Nachbargängen gehört wurde.

Absolut, stimmte ich zu und half ihm, klebte selbst imaginäre Dinge auf die Kaffeeverpackungen, auf die kleinen Teekartons.

Damit die Leute wissen, was sie da kaufen, sagte Hendrik.

Damit sie sich nicht weiter verarschen lassen, sagte ich.

Wir grinsten uns an, Arm in Arm gingen wir weiter.

Schon wieder ein bisschen Welt gerettet, sagte Hendrik, zufrieden verfielen wir ins Schlendern. Als wären es Exponate in einem Museum schauten wir uns dabei die Regalinhalte an. H-Milch, Eier, Sojapudding.

Schau mal, sagte ich. Die Farbwahl.

Hendrik legte den Zeigefinger ans Kinn, den Kopf schief. Gleichzeitig anziehend und doch irgendwie ekelhaft.

Eine Mitarbeiterin warf uns irritierte Blicke zu, diesmal mussten wir beide prusten, uns fiel auf, dass wir den Einkaufskorb stehengelassen hatten, irgendwo zwischen den Kräutern und hier.

In der Kassenschlange waren wir erschöpft, beinahe ausgelaugt, wir lehnten uns aneinander und lauschten dem vertrauten Piepen, bis wir an der Reihe waren.

Am anderen Ende des Kassenbandes räumten wir alles wieder in den Plastikkorb hinein, Eigentum des Supermarktes, aber niemand runzelte die Stirn, niemand sagte etwas, niemandem fiel das auf. Der Kassierer sagte einen Betrag und wir zahlten mit zusammengelegten Scheinen, Münzen, genau passend. Für uns fühlte es sich an wie ein Gewinn, wie ein Hauptpreis, stolz trugen wir den Korb zur Tür hinaus, unsere Trophäe.

Draußen war es ein angenehmer Juniabend, milde Luft, die nach Kaffee roch, wir atmeten ein und blieben auf der Brücke stehen, schauten einer S-Bahn hinterher wie einem Kreuzfahrtschiff.

Zu Hause gab es Abendessen. Hendrik kochte nicht nach Rezept, er kombinierte, was ihm in die Hände fiel, er griff in unseren Einkaufskorb und in den Kühlschrank, warf alles durcheinander und erfand neue Speisen. Es gab gebackene Rote Bete mit Pfeffer und Salz und geriebener Schokolade. Teigfladen aus Wasser und Mehl, gefüllt mit Linsen und Olivenmus, gebratenen Avocadoscheiben und frischer Minze. Zur Vorspeise ein Stück Schafskäse mit Marmelade und Chili.

Hendrik tänzelte mit der Pfanne in der Hand, ein Geschirrtuch steckte im Bund seiner Hose. Ich entkorkte den Wein und goss zwei Gläser randvoll, während Hendrik die vielen Gänge auf bunten Tellern drapierte. Wir aßen zu lauter Musik, *Dance Hall Days* dreimal hintereinander und bei beschlagenen Fensterscheiben; Hendriks Wangen glühten.

Fantastisch, rief er nach ein paar Bissen mit vollem Mund, das schmeckt ja wirklich.

Ich versuchte die einzelnen Zutaten herauszufiltern, aß doch alles durcheinander, schmeckte gleichzeitig Schokolade und Linsen, Wein und Minze. Hendrik drehte kauend eine Zigarette, die wir uns während des Essens teilten, ausnahmsweise drinnen.

Das ist ein Festtagsessen, sagte er.

Aber was feiern wir, fragte ich und pustete Rauch aus, der über dem Küchentisch flirrte.

Hendrik zuckte mit den Schultern, grinste. Er griff nach der Zigarette und sagte: Alles, irgendwie feiern wir heute alles.

Später hatten wir zwei Flaschen Wein getrunken, wir lagen auf meinem Bett und kommunizierten, indem wir uns gegenseitig Buchstaben auf die Rücken malten, unsere Zeigefingerkuppen strichen große Bögen und schlängelten sich manchmal absichtlich zu sehr, damit das Erraten erschwert wurde.

Mich erinnerte das an Sonntage, früher, weiße, noch warme Bettwäsche, zerknittert, Kopfabdrücke in den Kissen. Ich hatte damals nicht genug kriegen können davon: Meine Mutter malt mir Kringel zwischen die Schulterblätter und flechtet Buchstaben ein, als ich gerade das Schreiben lerne. Was ist das, ein Y? Ein K?

Du, schrieb Hendrik. Ich lag auf dem Bauch, fast nackt unter der Decke, Hendrik seitlich neben mir, mit der einen Hand stützte er unnatürlich lange schon seinen Kopf.

Und weiter, fragte ich, als ich seine Handfläche fühle.

Sonst nichts, sagte er, und dann sprach er es aus: Du.

Wir räusperten uns, rotweinschwer legten wir uns

in eine Umarmung, drückten uns so sehr aneinander, wie es nur ging. Ich küsste seinen Hals, sein Gesicht, die geschlossenen Augen, dann fanden unsere Münder einander, unsere Lippen ein wenig zu trocken und mit winzigen Flecken vom Wein. Ich lag auf ihm, während wir uns küssten, so langsam und gleichzeitig schnell, seine Hände legten sich erst fest um mein Gesicht, dann zog er mir an den Haaren, er umfasste meine Schultern, den Rücken, wir kämpften uns hektisch aus den letzten Kleidungsresten. Wir atmeten uns in den Mund, eng aneinander, er auf mir, er in mir drin, Sekunden, Minuten, eine Viertelstunde vielleicht, wir hielten uns fest und bewegten uns kaum, drückten uns noch näher zusammen, ineinander, dann drückte er mir die Hände über meinem Kopf, bis wir losließen, bis es nichts mehr zu kontrollieren gab, wir überließen uns all dem, dem Wein, der Intensität und dem Uns.

Später verloren wir irgendwann den Kampf gegen die Augenlider, gegen die schweren Knochen, die in die Matratze sanken. Unser Schlaf nebeneinander war seicht, lächerlich beinah. Wir lagen eng; wir achteten nicht zu sehr darauf, aber es gab die ganze Nacht über mehrere Berührungspunkte zwischen uns.

Einmal öffnete ich die Augen und war hellwach, ohne dass dieser Zustand einen Sinn ergeben hätte, denn es war mitten in der Nacht und ich hatte sicher nicht mehr als zwei, drei Stunden dieses lächerlichen Schlafes hinter mir. Also kämpfte ich meinen Körper zurück in eine Position, in der mir wärmer wurde, in der ich Hendriks Atem auf der Haut spüren konnte. Ich hörte, wie mir das Blut durch die Adern rauschte, fast beunruhigend schnell ging der Puls, und dann spannten sich plötzlich, ganz willkürlich sämtliche Muskeln in meinem Körper an. Schemenhaft sah ich Hendrik dicht neben mir, und ich fühlte mich, als müsste ich platzen in diesem Moment; ich wusste nicht, wohin mit dem Blut und all dem anderen, das in meinem Körper auf und ab sprang, ich wusste nicht, wie ich es ausdrücken sollte zu so einer späten Stunde. Und fast zittrig vor einer immensen, kaum erklärbaren Ungeduld schlief ich wieder ein; zumindest wurde ich irgendwann wieder wach, davon, wie Hendrik mich umarmte, im Morgengrauen und so fest, dass wir im Anschluss jaulen mussten vor Schmerz.

10

Das war kein malerischer Ferienort, keiner mit Fischern am Hafen und Postkarten mit Leuchttürmen darauf, nein, das war ein winziges Dorf, viel zu viele Kilometer von allem entfernt, was sich Stadt nennen konnte. Das waren bloß wenige Straßen mit spießigen Häusern und akkurat angelegten Vorgärten, mit Leuten, die aus den Fenstern gafften, so ist er aufgewachsen, inmitten von norddeutschem Dialekt und argwöhnischen Blicken. In einem kleinen Haus, in dem es viel zu eng war bei Regenwetter, mit einem winzigen Zimmer mit blaugestrichenen Wänden, und manchmal roch es nach Apfelkuchen.

Er ist abgeschnitten von allem aufgewachsen, an einem Ort, an dem niemand irgendwem traute und jeder für sich lebte, hinter verschlossenen Türen, hinter leicht zur Seite geschobenen Gardinen. Ein Ort zwischen zwei Meeren, aber jeweils weit genug von der Küste entfernt, dass die Luft nicht danach roch. Es war stürmisch, oft genug, es wehte konstant ein stärkerer Wind, aber nie einer, der das Salz über die Dächer wehte.

Der Vater wollte immerzu weg aus dieser Falschheit, weg von den geputzten Fenstern und den polierten Autos in den Auffahrten, die nie jemand anderes sah als die Nachbarn, weg von den Schnittblumen; der genau so sein wollte, wie Hendrik ihn sich wünschte. Stark und mit rauen Händen, ein Seemann, den Wind im Gesicht.

In diesem Ort, da konnte das niemand verstehen, wenn man ihn verließ als junger Kerl, wenn man in die Stadt zog und dort irgendwelche Dinge tat, irgendeinen Kram studieren zum Beispiel, wozu, wem sollte das dienen, wenn es im Ort doch eine Firma gab, die man weiterführen sollte, die man erben konnte.

Hendriks Vater war weggegangen, vor Jahren, mindestens sechzig Kilometer weit weg und noch mehr, er hatte seine Vorstellungen, er hatte andere Pläne, und dann lernte er Hildis kennen, die schöne Hildis, er sah sie an und wusste: sie, sie und keine andere, und sie sah ihn an und lächelte, und eins ergab das andere. Das war die Vorstellung gewesen, das war der Plan: er und Hildis, in der Stadt, ein Leben, eine Wohnung vielleicht.

Aber dann wurde sein Vater krank, Hendriks Großvater, der ohnehin schon alt war und gebrechlich und nun dazu eben auch noch ernsthaft krank, und es gab immer noch diese Firma, Familientradition, und wer sollte sich denn um alles kümmern jetzt; wer, wenn nicht der einzige Sohn; seine Mutter ganz bestimmt nicht.

Und so ging er zurück in dieses winzige Dorf, das kein malerischer Ferienort war, er nahm Hildis mit und versprach ihr, dass sie nicht lange bleiben würden, bloß das Gröbste regeln, vielleicht war er das ja wirklich irgendjemandem schuldig, der Familie, der Tradition, diesem Dorf.

Er war kein Rückkehrer, kein verloren geglaubter Sohn, er wurde schief angeschaut mit diesem Mädchen aus der Stadt, was sollte das denn überhaupt, wieso heiratete er nicht die Nachbarstochter, wieso heiratete er einfach gar nicht, obwohl dieses Mädchen doch schwanger war, dieses Stadtmädchen, das er mitgebracht hatte, angeschleppt in die Idylle?

Hendrik wurde nicht hineingeboren in eine Familientradition, er wurde hineingeboren in eine hochverschuldete Firma, in eine Familie mit feindseligen Gedanken, in rote Zahlen und in Stirnfalten, in eine Übergangssituation, die keine war.

Und dann saßen sie also da, im Ort, in der Einliegerwohnung im Haus der Großeltern, und die Großeltern waren feindselig (die Großmutter) und dement (der Großvater), es gab hier nichts Grobes zu regeln, nichts abzuhaken, es gab bloß riesige Schuldenberge und aufgebrachte Mitarbeiter, es gab vor allen Dingen kaum mehr etwas zu retten.

Er arbeitete sich ein, der Vater, wochenlang, monatelang, er hoffte, doch noch eine Lösung zu finden, doch noch eine Hintertür, das konnte doch nicht angehen, dass die letzten Jahre komplett falsch gerechnet worden war, aber wen fragen; sein Vater aß Bananenbrei und dachte, er sei bloß acht Jahre alt.

Sie richteten sich ein, Hildis hängte Gardinen auf, wie um sich anzupassen, Gardinen hängen nun einmal in den Fenstern hier. Sie schob einen Kinderwagen beim Spazierengehen, und später hielt sie das Kind an der Hand, und irgendwann fragte sie gar nicht mehr nach, wann es an der Zeit sein würde wieder zusammenzupacken.

11

Wenn wir uns nicht sehen konnten, jagten wir die Zeit. Es war bald so: Jede Minute, die ich ohne ihn verbrachte, verbringen musste, denn es war kein freiwilliger Zustand, kam mir stumpfsinnig vor und banal. Sobald mir die Möglichkeit verging, ihn berühren zu können, ihn ein paar Worte sprechen, einen Witz machen zu hören, bekam ich das Gefühl, daraus überhaupt nichts ziehen zu können, aus den Momenten und den Worten anderer.

So oft kam uns etwas dazwischen, ein Leben kam mir dazwischen und eines ihm; so profane Dinge wie eine weitere Schicht in der Kneipe, ein Einkauf, der Kühlschrank ist leer, der Flur muss geputzt, das Zimmer aufgeräumt werden; wir hatten Uhrzeiten in unseren Kalendern stehen. Verpflichtungen, die lästig wurden, die sich dazwischenschoben, zwischen ein Aufwachen am Morgen, eng aneinander, und ein Beisammensein, wenn dann irgendwann später alles abgehakt war, alle Treffen und Termine hinter uns lagen.

Wir blieben meistens in unserer Wohnung, Hannas und meiner, wir fuhren nur selten zu Hendrik, ans andere Ende der Stadt. Er wohnte in einem winzigen Zimmer in einer penibel aufgeräumten Wohnung, eine kleine Ewigkeit bis zum U-Bahnhof. Es gab einen Mitbewohner mit einem aufgedunsenen Gesicht, einer nervösen Art, die es unmöglich machte, sein Alter zu schätzen. Die wenigen Male, die er mir über den Weg lief, hatte ich stets das Gefühl, seine Ordnung durcheinanderzubringen.

Die dreizehn, vielleicht vierzehn Quadratmeter, die zu Hendrik gehörten: überhaupt nicht zu ordnen. Es gab ein Sofa, auf dem er schlief, ein Regal, in das er wirr Kleidung, Bücher und Ordner gesteckt hatte, neben dem Sofa ein kleines Tischchen, das er vor dem Haus gefunden hatte. Überall im Raum verteilt leere und halbvolle Flaschen, benutzte Tassen und Teller, Pizzakartons. Ich wusste, er bemühte sich. Die zwei, drei Male, die ich ihn dort besucht hatte, räumte er den Tisch frei und schüttelte die Kissen auf, schob die dunklen Vorhänge zur Seite, damit der Raum heller wurde, packte alles, was herumlag, in einen Umzugskarton, der in der Ecke hinter der Tür bereitstand, so als könnte es jeden Augenblick so weit sein, als könnte er jede Minute ausziehen und woanders ankommen.

Es war als Zwischenstation gedacht, erzählte er, als Übergangslösung, dieses Zimmer, er hatte die Anzeige im Internet gefunden und die Nummer gewählt, gefragt, ob das Zimmer noch frei sei, der Mitbewohner hatte ja gesagt, einfach bloß ja, und Hendrik sagte, dass er gern einziehen würde. Er hatte das Zimmer vorher nicht gesehen, hatte sich nicht die Räume und Farben eingeprägt und ein Bild von den paar Quadratmetern gemacht, nicht überlegt, wohin er welche Möbel stellen, wie das Licht zu verschiedenen Zeiten durchs Fenster fallen würde. Er war nicht mit einem Notizzettel durch die Straßen geirrt, mit jeder Menge Adressen darauf, um bei jeder einzelnen an der Tür zu klingeln, um Treppen hochzusteigen und sich vorzustellen, um große Augen zu machen bei hübschen Küchen und großen Räumen, um sich anzustrengen, um zu lächeln, um auf Sympathien zu stoßen, um ein Zuhause zu finden, schöne Zimmer und nette Menschen, mit denen er das Bad teilte. Stattdessen hatte er all das in weniger als vierundzwanzig Stunden geregelt; er erzählte das nicht ohne Stolz, er sagte: Ich glaub, so spontan wie ich ist noch niemand in diese Stadt gezogen.

Für Hendrik war es praktischer, wenn er nach der Arbeit zu mir kam, ein kurzer Weg zu Fuß statt der langen U-Bahn-Fahrt.

Und ich hatte mich immer seltsam gefühlt in seiner Wohnung, wegen dieses Mitbewohners, der nicht einzuschätzen war. Hendrik ging es ähnlich, das wusste ich, er machte sich immer Gedanken, beim Duschen und Schlafen und wenn er durch den Flur ging. Wie zu Besuch war man in dieser aufgeräumten Wohnung, wie in einer unpersönlichen Hostelküche fühlten wir

uns, wenn wir etwas kochten, den Korkenzieher be-
nutzten, um eine Flasche Wein zu öffnen. Einmal sahen wir einen Film auf Hendriks Laptop an und verstanden beinahe nichts, weil wir den Ton so leise
stellen mussten aus einem Pflichtgefühl heraus, das
man nicht haben sollte, dort, wo man wohnt. Aber
wir wussten ja, nebenan saß dieser Mitbewohner, der
nichts von unserem Wein hatte abhaben wollen und
auch nichts von der Lasagne. Er hatte abgewinkt und
sich in sein Zimmer gesetzt, wie jeden Abend, sagte
Hendrik; er säße immer in seinem Zimmer zwischen
vielen Bildschirmen, eine Mischung aus einem Kind
und einem alten Mann. Das wirkte befremdlich auf
mich und irgendwie traurig, so als müsse man aufpassen, nicht selbst so zu enden wie er; ich bemitleidete ihn und fühlte mich in dem Moment etwas schä-
big, weil man so etwas doch nicht denken sollte von
jemandem, den man gar nicht kennt.

Es lag also mit Sicherheit auch an den Umständen,
an den langen Wegen zwischen uns, die zu anstrengend waren, an diesem Mitbewohner und seinen Bildschirmen. Vielleicht waren wir trotzdem auch ein wenig vorschnell, wir hatten es eilig, so als bliebe uns
sonst keine Zeit mehr, wir sprachen schon bald darüber, sehr bald. Hendrik fing damit an, als wir am späten Abend durch eine Straße liefen, in der er stolperte,
einmal, zweimal, dreimal, als wir lachen mussten, ich
amüsiert und Hendrik so, als würde er es gern vermeiden, als wäre er viel lieber sauer auf mich, weil ich ihn
auslachte, wir liefen Arm in Arm, als er sagte: Ich will
mit dir zusammenwohnen, Lene.

12

Vielleicht hätte ich sie einmal anschreien müssen, bloß ganz kurz, um mit viel Energie und so schnell wie möglich jedes dumpfe, drückende Gefühl loszuwerden.

So wurde ich bloß weiter aus der Mitte herausgezogen, in einem langsamen, zähen Prozess, nicht einmal ruckartig oder besonders schmerzvoll, sondern Stück für Stück, mit jedem Tag, den Hanna und ich in unserer Wohnung verbrachten, ein bisschen mehr. Das, was Hannas und mein Plan gewesen war, hatte sich verlagert: Hanna und Jaro kauften Geschirr und Gläser beim Trödel ein. Hanna und Jaro brachten die Garderobenhaken im Flur an. Hanna und Jaro kochten Essen in der Küche, Hanna und Jaro bewegten sich in der Wohnung, als wäre sie ihr gemeinsamer Fund gewesen, als hätten sie zusammen dieses Glück gehabt und den Mietvertrag unterzeichnet. Wo Jaro und ich zuvor kaum mehr Zeit miteinander verbracht hatten, war er ständig da, in meinem neuen Zuhause, er saß morgens in der Küche, wenn ich aufstand, er grüßte mich beiläufig, als wäre ich diejenige, die zu Besuch war. Als wäre Hanna plötzlich nicht unsere gemeinsame beste Freundin gewesen, sondern bloß meine Mitbewohnerin, eine flüchtige Bekannte. Als hätte das etwas legitimiert.

Noch mehr als von der Tatsache ihrer Beziehung war ich davon überrascht, dass ich vorher nicht genug gemerkt, dass ich zu vieles offensichtlich falsch gedeutet und das unbestimmte Gefühl nicht besonders gut eingeschätzt hatte.

Hanna winkte ab, wann immer ich sie allein erwischte und in ein Gespräch zu verwickeln versuchte.

Warum hast du mir nichts gesagt, oder: Seit wann genau läuft das schon?

Ach, Lene, sagte sie. Ach, Lene. Es hat sich doch gar nichts verändert. Wir sind doch weiter zu dritt. Du bist doch dabei.

Ich bin doch dabei, wiederholte ich für mich im Stillen, ich bin doch dabei. Wie absolut absurd, wie befremdlich, als wäre es das gewesen, was ich gewollt hätte: ein Teil der Beziehung meines Bruders zu sein, ein Teil der Beziehung meiner besten Freundin.

Ich wusste nicht, was ich schlimmer fand: wenn Hanna in Jaros Wohnung übernachtete oder wenn er wie so oft bei uns, bei ihr schlief, wenn sie abends in der Küche saßen, wenn sie dann fast gezwungen mit mir kommunizierten, mich fragten, was ich noch vorhatte, als gehörte ich gar nicht zu ihrem Leben dazu, als wäre ich aus Versehen im Raum gelandet.

Meine Eltern freuten sich, als sie es mitbekamen. Wir besuchten sie zu dritt zum Abendessen. Allein das war seltsam, jetzt. Wir hatten so oft mit meinen Eltern zusammen gegessen, was für ein kitschiges Bild das gewesen sein musste: die Eltern, die beiden Kinder, die Freundin, alle zufrieden, satt und glücklich auf der Terrasse oder im Esszimmer, im Hintergrund angenehme Musik, eine Flasche, zwei Flaschen, drei Flaschen Wein, ein angeregtes Plaudern, Harmonie.

Dieses Mal küssten sich Jaro und Hanna, nur flüchtig zwischen Flur und Esszimmer, aber sehr selbstverständlich. Natürlich freuten sie sich, meine Eltern, ich hätte nie etwas anderes erwartet, sie kannten Hanna seit Jahren, und es wäre egal gewesen, welche neue Rolle sie eingenommen hätte, ob sie weiter unsere beste Freundin gewesen, ob sie mit mir oder mit Jaro zusammen gekommen wäre. Meine Mutter tischte eine Lauchcremesuppe auf zur Vorspeise, mein Vater präsentierte stolz ein Risotto, neues Rezept, im Netz gefunden, gleich ausprobiert. Sie verteilten Portionen auf unseren Tellern, lächelten sich an, lächelten Jaro an, lächelten Hanna an. Meine Mutter setzte sich, legte sich eine Serviette auf den Schoß und klatschte dann sachte in die Hände, sie sagte: Ach, wisst ihr. Ich find das richtig klasse.

Ich hatte ein schlechtes Gewissen, das mir in den Magen drückte, während wir dasaßen, an dem alten Esstisch, den ich mein Leben lang kannte. Ich löffelte die Suppe in mich hinein, und sie füllte mich aus wie Zement; mir fiel auf, dass ich als Einzige besorgt war, weil sich etwas Neues zwischen all die Gewohnheiten geschoben hatte, weil es nicht beim Alten blieb. Und ich wäre gern weniger egoistisch gewesen in dem Moment, ich hätte mich gerne gefreut, weil sie sich verliebt hatten; sie waren mir doch die beiden wichtigsten Menschen, meine engsten Vertrauten. Ich hätte gerne gedacht, dass es im Grunde nicht hätte besser laufen können, wir saßen schließlich nicht in größerer Runde hier, da war kein Mädchen an Jaros Seite, das ich zum ersten Mal sah und mit dem ich vorsichtig nach Gemeinsamkeiten hätte suchen müssen. Da saß kein Spinner neben Hanna, den ich nicht einzuschätzen gewusst hätte. Ich wäre später, nach dem Essen, gerne Arm in Arm mit ihnen zur Bushaltestelle gelaufen; wie oft hatten wir uns so fortbewegt, ein untrennbares Dreiergespann; und ich wusste, sie hätten sich darauf eingelassen, sofort und ohne mich dafür zu verurteilen, dass ich zuvor kaum mit ihnen gesprochen hatte.

Ich wollte mich an den Gesprächen beteiligen, ich wollte nachfragen, als es um Hannas Seminare ging, um Jaros Praktikum in der Schule, ich wollte zustimmen, nicken und lachen, als mein Vater seine üblichen Witze riss; ich wollte so sehr einen Weg in etwas Besseres finden, aber es ging nicht. Ich kaute auf pappigem Reis und auf Oliven herum und stellte fest, dass es nicht funktionierte, nicht an diesem Abend, nicht zwischen all den Gewohnheiten und ohne dass irgendjemand daran schuld gewesen wäre.

Irgendwann funktionierte es dann doch. Irgendwann konnte ich mich zusammenreißen, ich redete mir eine Ordnung ein, ich sagte mir: Das ist schon okay so, das passt schon, das ist nichts Schlechtes, nicht in erster Linie. Nach Wochen, nach den ersten wenigen Monaten in unserer Wohnung, schloss ich eine Art Frieden mit mir, mit Jaro, mit Hanna, mit dieser Situation. Es wurde allmählich zu Normalität und Gewohnheit. Für Hanna und Jaro musste es gewirkt haben, als würden wir alle aufatmen, als hätten wir etwas überwunden, als hätte sich endlich etwas über die angespannten

Gespräche geworfen und darüber, wie wir gegenseitig unseren Blicken auswichen.

Ich legte diese neue Normalität über meine Gedanken an eine merkwürdige Art von Gerechtigkeit und über meine prophylaktische Angst vor einem Herausfallen; und es klappte, ich konnte mich ganz frei bewegen in der Küche, im Flur, in der ganzen Wohnung, ich setzte mich freiwillig dazu und wob mich ein in Gespräche und Abendplanungen.

Wir luden Freunde ein, gemeinsame Bekannte, Hannas Kommilitonen, Jaros Mitbewohner; wir kochten Drei-Gänge-Menüs und brachen alte Schnapsflaschen von meinem Vater an. Wir verloren uns auf S-Bahnfahrten und standen lange in Garderobenschlagen an, wir stolperten zu dritt aus Clubs und Läden und liefen Arm in Arm, wie früher.

Bei jedem Betreten unserer Wohnung schlug mir erst ganz leicht und dann stetig mehr das entgegen, womit ich gerechnet und was ich mir erhofft hatte. Da war nicht mehr der Geruch nach neuen Möbeln aus Holz, nicht mehr das angespannte Lauschen, ob jemand da war, ob Stimmen aus Hannas Zimmer zu vernehmen waren, sondern endlich das Gefühl, das Hanna und ich vor Jahren schon erwartet hatten, als wir uns in unseren Zimmern am Stadtrand noch vorstellten, die Autos unten auf dem Kopfsteinpflaster zu hören, während wir auf einem Balkon sitzen und zu Hause sein würden.

13

Es ging dann bergab. Der Großvater starb, im Glauben, alles sei gut, schlief er ein. Die Firma: bloß noch Räumlichkeiten, bloß noch eine Erinnerung. Zuerst wechselte der Vater in eine andere Firma, ein paar Orte entfernt, denn es musste ja weiterhin Geld geben, irgendwoher musste es kommen.

Und dann blieb sein Volvo irgendwann in der Garage, er fuhr nicht mehr die paar Kilometer, er parkte nicht mehr vor einem großen Gebäude, das ihn für acht, neun Stunden verschluckte; er ging nicht mehr arbeiten, er blieb zu Hause.

Die Dorfbewohner schüttelten bloß die Köpfe, ihnen fiel nichts mehr dazu ein, Schmarotzer nannten sie ihn, wie kann man seine Familie bloß so im Stich lassen, erst die eigene Firma, jetzt auch noch das, da braucht es mehr Einsatz, mehr Herzblut, da braucht es eben Geduld, da muss man sich eben einmal anstrengen. Das waren eindeutig zu viele Fehler, um auch nur einen davon wieder-gutzumachen, aber wenigstens geradestehen dafür hätte er gemusst, sich wenigstens ein bisschen verantwortlich zeigen, ein bisschen mit Rückgrat.

Niemand konnte das verstehen, dass einer wie er so undankbar war und irgendwann liegenblieb, den ganzen Tag nur daheim im Bett, während es draußen Dinge zu tun gab; irgendetwas hätte er tun können, Rechnungen begleichen, hilfsbereit sein, irgendetwas, zumindest hätte er sich rechtfertigen können, müssen, ja, mindestens das wäre seine Pflicht gewesen.

Das sagten sie in der Schule zu Hendrik, dritte Klasse vielleicht, sie redeten die Worte nach, die Eltern und Bekannte beim Abendessen gesagt hatten, dass der Lohse ein Schmarotzer sei, einer, der bloß daheim herumlag und sich bekochen ließ, während um ihn herum alles den Bach herunterging.

Hendrik verstand das nicht, nicht richtig, er widersprach und stand auf dem Schulhof herum und rätselte, denn wenn er nach Hause kam, gab man sich Mühe, dann gab es selbstgekochtes Essen und einen Vater, der ihm über den Kopf strich und seinen Blicken standhalten konnte. Nach einer Weile jedoch sah der Vater immer öfter weg, und er strengte sich nicht mehr an, ein Hemd zuzuknöpfen und sich zu rasieren, auch wenn Hildis darauf beharrte, sie sagte: Rasier dich doch, wenigstens das.

Sie versuchte jetzt selbst, irgendetwas zu retten. Abende lang rechnete sie nach, sie trug eine Lesebrille und ließ leise das Radio nebenher laufen, sie notierte Zahlen mit einem Bleistift und kochte Pfefferminztee, und wenn Hendrik spät noch einmal in der Tür stand, dann warf sie bloß einen, zwei Blicke nach hinten, ein Lächeln, das ausreichte zur Beruhigung, mit dem sie sagte, sie hat es im Griff, was auch immer. Hendrik ließ seine Zimmertür offen stehen, ein schwacher Lichtkegel fiel über den Teppichboden, und unten lief das Radio, so leise, dass er kaum etwas verstehen konnte, aber manchmal hörte er sie eine Melodie summen, ein paar Takte lang, und je öfter das passierte, desto sicherer wurde er sich, desto mehr wusste er: Es war alles in Ordnung, und wenn nicht, dann würde sie es wieder hinbiegen können.

Schließlich sagten sie: Vielleicht doch eine Krankheit, vielleicht hat er sich irgendetwas eingefangen, und ehrlich, verdient hätte er es womöglich, wenigstens für eine kurze Zeit.

Diesmal widersprach der Vater selbst, er setzte Hendrik nach Monaten, nach zu vielen Jahreszeiten und Wochen zum ersten Mal wieder in den Volvo und fuhr zum Meer, sehr entschlossen eine halbe Stunde lang, hinaus aus dem Ort mit all den Leuten, die guckten und redeten, über die schmalen Wege und am Ende entlang der Dünen bis zu einem der großen Parkplätze, auf denen das Auto verlorenging. Er kaufte Pommes und reichte Papierservietten nach, sie spazierten auf den Dünen, sie zeigten auf den Horizont und bestimmten die Schiffe und Boote, er wickelte seinen Schal fester, vorsichtig, wegen des Windes, und er atmete tief durch.

Als sie am Abend nach Hause kamen, durchgefroren und mit roten Wangen, brannte kein Licht in der Küche und Hildis hatte die Tür abgeschlossen, von außen. Sie blieb die ganze Nacht verschwunden und darauf einen ganzen Tag, und erst am Ende der zweiten Nacht saß sie wieder am Küchentisch, einen Becher Kaffee vor sich und die Haare hochgesteckt.

Das hätte niemand mitbekommen müssen, aber natürlich verbreitete es sich dennoch, irgendwer hat ja immer irgendetwas gesehen; sie sagten, so, jetzt ist es passiert. Jetzt ist ihm auch noch die Frau durchgebrannt, verständlich; sie sagten, dass sie sicher einen Mann gefunden hatte, der sie zu schätzen wusste, und das hatte er nun davon, der Schmarotzer, ein trotziger Sohn, der sich nicht benehmen konnte, seine schöne Frau mit den feinen Händen, die sich woanders ein Leben suchte, und er selbst hing rum, bemitleidete sich und scherte sich einen Dreck um alle anderen.

14

Ich lag morgens im Bett; es war vielleicht neun oder zehn Uhr, draußen ein Regenhimmel, der nicht hell werden wollte. Mein Magen knurrte seit einer Weile, aber aus der Küche konnte ich Stimmen hören; das Lachen, die Gläser, Messer, den Wasserkocher. Zwei Freundinnen von Hanna hatten hier übernachtet, vielmehr: ihren Rausch ausgeschlafen. Es hatte Abendessen gegeben und dazu Wein und gleich im Anschluss Gin Tonic, die letzten Schlucke pur, bis die Flasche restlos leer gewesen war. Um zwei waren sie alle besoffen, da war dann nichts mehr mit Ausgehen, da fielen sie bloß noch in Hannas Bett, zu dritt. Es waren Kommilitoninnen von Hanna, ich kannte die beiden, vielleicht sollte ich sagen: Freundinnen von uns, von Hanna und mir, aber sie waren mir immer und vor allem an diesem Tag zu aufgedreht; sie kreischten und kicherten und tranken, als wären sie fünfzehn. Als ich gegen Mitternacht nach Hause kam, hörten sie Backstreet Boys, johlten schief zu Britney Spears, die Musik unserer frühesten Jugend, sie fanden sich unglaublich witzig.

Sie luden mich natürlich ein, mitzumachen, komm schon, Lene, hier ein Glas, hier ein Löffel als Mikrofon, komm schon, komm doch dazu.

Ich war müde und fühlte mich so gar nicht jugendlich. Hendrik und ich waren im Theater gewesen, ein politisches Stück, über das man eigentlich Gespräche führen musste im Anschluss. Man müsste jede Szene aufdröseln und besprechen und analysieren; Hendrik und ich hatten das versucht in einer Kneipe bei ein, zwei Bier. Dann er nach Hause, ich nach Hause, ausnahmsweise einmal und so, als wollten wir uns beweisen, dass das überhaupt noch möglich war.

Meine Stimmung war ernst; ernst, müde und angespannt, ich wollte ins Bett, so schnell wie möglich eine Nacht überstehen und dann in einen nächsten Tag fallen. Mir war das Gegröle zu kindisch, zu anstrengend, das schiefe, schrille, betrunkene Lachen, die zerdrückten Zitronen auf dem Küchentisch, die Reiskörner auf dem Boden.

Und dann saßen sie am Morgen wieder da und frühstückten aufgebackene Brötchen gegen den flauen Magen, sie erinnerten sich gegenseitig an ihre Scherze und lachten, sie husteten dabei und hielten sich den Kopf, vermutlich, das konnte ich nicht sehen, aber so stellte ich es mir vor.

Ich wäre gerne einfach zu ihnen in die Küche gegangen und hätte mir Kaffee eingegossen, darüber gelächelt, aber es ging nicht.

In diesem Moment wusste ich, dass das alles nicht

mehr ging. Und dass ich mit Hendrik zusammenwohnen musste, unbedingt und bald und weil es das einzig Richtige war, eine logische Konsequenz.

Ich erzählte es Hanna am selben Abend. Es war ein reiner Informationsaustausch, kein nostalgisches Aufgeben einer Situation, die wir jahrelang vorausgeplant hatten, früher einmal, am Stadtrand. Ich sagte: Ich will mit Hendrik zusammenwohnen, wir suchen uns was. Sie sagte: Ach, okay.

Ich stellte mich darauf ein, enttäuscht zu werden; man kann so etwas ja erst einmal beschließen, man kann sagen: Wir suchen uns was, eine kleine Wohnung, das wird ja wohl nicht so schwer sein, und dann schleppt man sich monatelang durch Treppenhäuser, klickt sich durch Anzeigen, kauft sich gedruckte Zeitungen, telefoniert mit Maklern und Vermietern und rechnet und würde sich sogar arrangieren, aber letztendlich passt doch erst einmal gar nichts. Ich wusste ja noch, wie anstrengend das gewesen war, damals, als Hanna und ich eine Wohnung gesucht hatten; wie viel Glück dazugehörte, dass am Ende alles stimmte: die Lage, der Preis, die Bodenbeläge.

Hendrik und ich schickten uns also Telefonnummern und Internetadressen hin und her. Schau dir das mal an. Hm, ich weiß, das ist Lichtenberg. Kein Balkon und nur ein Zimmer, aber immerhin. Die Kaution ist der Wahnsinn, aber meine Güte, irgendwie, egal, irgendwie wird das schon gehen.

Wir schauten uns zwei, drei Wohnungen an. Eine in unserer Nachbarschaft, zwei Straßen weiter, frisch renoviert und unbezahlbar, zwei in der Nähe von Hendriks Wohnung, einmal Teppichboden aus den Achtzigern und trotzdem unbezahlbar, einmal bezahlbar und völlig heruntergekommen.

Wir machten Kompromisse. Okay, dann eben kein Balkon. Notfalls eben auch bloß ein Zimmer. Notfalls auch so ein scheiß Teppichboden. Hauptsache: bald.

Es kam anders und überforderte mich zunächst.

Hanna kochte gerade Nudeln, ich betrat die Küche, sie sagte: Da gibt's ein freies Zimmer, Lene. Bei Isa und Torge. Weißt du, Isa aus der Uni?

Ich stand vor der geöffneten Kühlschranktür, schaute irritiert, ich wusste nicht so recht, was sie mir damit sagen wollte. Ein Zimmer in einer Wohngemeinschaft, für Hendrik und mich?

Sie bemerkte meinen Blick, sie zupfte eine heiße Nudel aus dem Topf und probierte, testete die Konsistenz und sagte: für mich. Ich kann mir das ganz gut vorstellen. Ich ziehe aus. Mein Zimmer wäre frei.

Ich rief sofort Hendrik an, meine Stimme überschlug sich, ich lief hektisch zwischen Bad und dem Fenster in meinem Zimmer hin und her, während ich redete. Mein Herz hämmerte, ich sagte: Zum Ersten. Hörst du? Zum ersten November. Das sind keine drei Wochen mehr, Hendrik, und dann wohnst du hier.

Er war vollkommen perplex, niemand von uns hätte mit dieser Wendung gerechnet; er sagte schnell zu, wiederholte es einige Mal, obwohl er gerade hinter dem Tresen stand; er sagte: Gib Hanna einen Kuss von mir, und: Wir sollten weggehen heute Abend, nach der Schicht, ich hab um zwölf Feierabend.

Wir verabredeten uns an einem S-Bahnhof, an dem Hanna und ich mit vollen Bieren in der Hand hin und her liefen, uns Wege bahnten durch die Menschenmassen. Wir machten uns einen Spaß draus, wir versuchten, möglichst schnell auf der anderen Straßenseite zu landen; ich rauchte zwei halbe Zigaretten, die mir jeweils aus der Hand fielen. Hanna kaufte uns bald neues Bier beim Späti, wir waren beide vollkommen gelöst und alberten herum, halb betrunken, halb aufgeregt, wir verstanden uns so gut wie lange nicht mehr, wir warteten Arm in Arm, bis Hannas Telefon klingelte und sie eine Wegbeschreibung durchgab an Jaro und Chris.

Fast zeitgleich mit ihnen tauchten auch Hendrik und Piet auf, sein Kollege aus der Kneipe, die beiden wirkten so, als hätten sie die letzten vierundzwanzig Stunden aneinander geklebt, sie rauchten einen Joint, dessen Rest Hendrik wegschnippte, bevor er mich umarmte. Er nahm mein Gesicht in die Hände und küsste mich überallhin, auf die Nase, die Stirn, den Mund, er küsste dann auch Hanna, Nase, Stirn, Mund; wir begrüßten uns alle überschwänglich und so, als hätten wir uns Ewigkeiten nicht gesehen.

Wir liefen eine ganze Weile, vorbei an Clubs und Bars, an Menschenansammlungen; wir hatten bald wieder jeder ein eiskaltes Bier in der Hand; ich hielt Hendriks Flasche fest, während er uns im Gehen zwei Zigaretten drehte.

An einer Ecke blieben wir stehen wie eine Gruppe Touristen, wir bildeten einen engen Kreis, und Piet nahm ein kleines Tütchen aus der Jackentasche, das er umherreichte. Hendrik steckte den Zeigefinger hinein und dann in den Mund, Jaro neben ihm auch, dann Hanna, dann Chris, dann ich; ich zögerte erst, ich schaute in die Runde und fühlte mich sehr betrunken, zu betrunken für so etwas, eigentlich.

Ich dachte noch, dass es nicht wirkte, ich merkte kaum etwas, als wir in der Schlange standen und von drinnen einen dumpfen Bass fühlen konnten, aber Hanna lachte neben mir und sagte, ich sollte mich reden hören, ich würde ungefähr dreimal so schnell reden wie gewöhnlich; meine Kehle brannte, wir ließen die leeren Bierflaschen stehen, bevor uns Stempel auf die Handrücken gedrückt wurden.

Drinnen versuchten wir erst gar nicht, Orientierung zu gewinnen, wir ließen unsere Jacken auf einen Berg aus Stoffen und Taschen fallen, in einer dunklen Ecke, die bald aussah wie alle anderen dunklen Ecken, wir liefen durch enge Gänge, eine Treppe rauf und bald wieder ein paar Stufen runter, dann verschwamm alles zu Lichtern, zu Stroboskopblitzen, bunten Lampenschirmen, zu Fahnen und Wimpeln und Federn, die von der Decke hingen, es verschwamm zu einer Hitze, die sich auf meine Haut presste; Hendrik hielt mir wie aus dem Nichts eine Flasche Zitronenlimonade hin, mit einem Strohhalm darin, ich trank zwei riesige Schlucke und dann verloren wir uns, in Tönen und Bässen und zwischen den Menschen.

Ich fühlte mich nicht mehr betrunken; ein aufgeregtes Ziehen strömte mir durch die Glieder, und ich war beeindruckt von all den Farben und Lichtern, ich warf den Blick nach oben, zu allen Seiten, ich drehte mich und stieß gegen Rücken und Ellbogen, bis Hanna mich plötzlich sehr fest umarmte, sie schrie irgendwas in mein Ohr, dreimal, ich verstand nichts und schüttelte nur den Kopf, wie in Zeitlupe kam es mir vor; irgendwann deutete sie auf meine Augen, meinen Körper, sie deutete auf die Decke und überallhin, sie rief mir direkt ins Ohr: Du bist so schön, alles ist so schön, schau dich um, wie schön das alles ist.

Später drängten wir uns zu viert in eine Toilettenkabine, Piet, Hendrik, Hanna und ich, winzige Kristalle auf unseren Fingerspitzen, ein Taumeln, Hendrik griff nach meiner Hand, als wir zurückgingen, durch Flure, treppauf, treppab, wir küssten uns unkoordiniert, Hendriks Augen weit aufgerissen, ich sah meine Spiegelung in seinen Pupillen, er drückte meine Hand fester und riss dann die Arme nach oben, weil ein Bass einsetzte; wir tanzten, wir ließen alle Zeit hinter uns. Immer wieder warf Hendrik mir Blicke zu, zwischendurch, ich erkannte ihn in winzigen Sekunden, in denen der ganze Raum hell wurde, und in jedem dieser Blicke, ich weiß nicht, wie viele es waren, lag so viel Intensität, dass man sie nicht hätte fehlinterpretieren können.

Mein Rücken zog sich zusammen an dem Tag, der darauf folgte, ich lag spätnachmittags in Hannas Bett, draußen wurde es allmählich wieder dunkel. Wir hörten leise Musik, solche, die passt, wenn man verkatert ist und ein bisschen melancholisch, Hanna hatte mir eine Weile den Nacken und den Kopf gestreichelt, bis ich fast eingeschlafen war und nur noch halb anwesend, sie summte Melodien mit, ganz nah an meinem

Ohr. Die Innenseiten meiner Wangen waren aufgebissen, und ich spürte ein Kratzen im Hals von den vielen Zigaretten. Von Zeit zu Zeit begann mein Herz für eine Weile sehr schnell zu schlagen, immer so lange, bis ich darüber nachdachte, ob es angemessen wäre, etwas panisch zu werden.

Eine kleine Zeitspanne später duschte Hanna, sie zog sich an und bestellte uns eine Pizza, wir aßen im Bett und kauten langsam, so, als ob wir es neu lernen müssten, die Kiefermuskulatur angespannt und die Zungen verbrannt. Ich wunderte mich, wie die anderen es wohl geschafft hatten. Piet und Hendrik waren noch weiter gezogen, als wir gegen acht Uhr ans Tageslicht stolperten; Chris hatte von einem Fußballspiel erzählt und Jaro musste eine Seminararbeit fertig schreiben, Abgabe am übernächsten Tag.

Hendrik rief später an, als ich zum zweiten Mal in einen halben, seichten Schlaf gefallen war, das Vibrieren meines Handys auf dem Holzfußboden neben Hannas Bett schmerzte in meinem Kopf, und als ich seinen Namen las, hatte ich eine leise Ahnung. Meine Stimme war brüchig, und Hendrik sagte so etwas wie: Er hätte ein bisschen Angst, wovor genau, das wisse er nicht, aber ihm würde die Decke auf den Kopf fallen, der Raum und die Quadratmeter, das würde nicht funktionieren, da würde ihm schwindelig werden, und eine halbe Stunde später saß ich in der Bahn, zittrig und noch immer etwas aus der Realität herausgerissen, aber ich wusste, das war wichtig, das musste sein, und da brauchte es nun einmal mehr als ein paar lose Worte am Telefon.

Ich fand ihn auf dem Sofa, das sein Bett war, er lag unter der Decke, er atmete viel zu flach und schwitzte.

Mein Herz rast, mein Herz rast so furchtbar, sagte er, und ich versuchte, ihn zu beruhigen, ich sagte: Das ist doch normal, mein Herz rast auch, wir müssen schlafen, schlafen, schlafen, aber Hendrik wollte das alles nicht hören. Ich legte mich neben ihn und er drückte sich an mich, er sagte: Irgendwas stimmt nicht, scheiße. Seine Pupillen waren noch immer geweitet, ich bekam kaum etwas aus ihm raus, als ich fragte, wie lange sie noch unterwegs gewesen waren, bis Vormittag, Mittag, irgendwann, er wisse es nicht, er wisse nicht, seit wann er hier lag, gekrümmt und panisch, mit einem so sehr klopfenden Herzen, dass es ihm Angst mache, das sagte er mehrfach, es war ein stetiges Wiederholen, eine Abfolge von: Mein Herz rast, es tut weh, alles tut mir weh, das ist nicht normal, scheiße, scheiße, scheiße.

Von meiner Seite eine Abfolge von: Das ist normal, das ist okay, das hört wieder auf, du musst dich entspannen, du musst schlafen, du musst liegen, bleib einfach hier liegen, ich bleibe da, das wird schon, das wird schon, das wird schon.

15

Sein Vater hat sich totgefahren.

So sagt man doch dazu, sich totfahren. Er ist in seinem silbergrauen Volvo an einem Freitagnachmittag kurz vor dem Feierabendverkehr auf einer geraden

Strecke mit etwa 130 Kilometern pro Stunde gegen einen Baum geprallt, er trug einen graumelierten Anzug und darunter ein beigefarbenes Hemd und dazu keine Krawatte.

Solche Unfälle sehen in Filmen immer spektakulär aus. Da gibt es Rauchschwaden und Feuer und Explosionen und Körperteile, die irgendwohin geschleudert werden. In Wirklichkeit sind es meistens angeknackste Bäume und zerknautschte Autos mit leblosen Fahrern darin, und es ist alles etwas profaner, als die Ernsthaftigkeit der Situation es eigentlich verlangen müsste.

Er war sofort tot, unmittelbar und vielleicht schon im Moment des Aufpralls. Die Sanitäter vom Rettungsdienst rauchten machtlos Zigaretten und bestellten den Notarzt wieder ab, und dann holten sie ihn doch ganz kleinlaut wieder hinzu, weil ihn schließlich jemand für tot erklären musste, den Vater.

Und dann klingelte es kurze Zeit später an der Haustür und zwei Polizisten standen davor, die Köpfe leicht und respektvoll nach unten gebeugt. Hinter ihnen war ein unauffälliger Wagen geparkt, sie waren ohne Blaulicht vorgefahren, trotzdem gab es ringsherum ein Aufsehen und einige Blicke aus den Fenstern. Die Polizisten verkündeten ihr aufrichtiges Beileid und fragten, ob sie einen Psychologen oder zumindest ein Beruhigungsmittel ordern sollten, die schweren Schuhe auf der Fußmatte vor der Haustür, und Hildis sagte gar nichts dazu und holte mechanisch erst einmal den Apfelkuchen aus dem Backofen, bevor er schwarz wurde.

Davor hatten die Jahre aus Bemühungen und Versprechen bestanden, während Hildis manchmal für eine Nacht verschwand oder etwas länger. Sie fuhr öfter nach Hamburg, ganz offiziell jetzt und um ihre Cousine zu besuchen, um sich mit irgendwem zu treffen, um mit einem Anwalt zusammenzusitzen, den sie außerhalb der Stadt nicht hätte finden können. Wenn sie zurückkam, rotierte sie; sie stieg aus dem Zug, der oft der erste am frühen Morgen gewesen war, sie hastete durch die Straßen, dann setzte sie sich in den Volvo; es gab eine Zeit, da musste sie immer wieder zur Schule fahren, um Hendrik abzuholen, der sich geprügelt hatte, mit Siebt- oder Achtklässlern, der dann mit verheulten Augen auf dem Rücksitz saß und an den Fingernägeln kaute. Am Nachmittag klingelte oft das Telefon und die Lehrer sagten, dass er schon wieder gestört hatte, dass allmählich einmal etwas passieren musste, sie regten sich auf und sprachen von Anstand.

Hildis forderte den Vater nicht mehr auf, auch mal etwas dazu zu sagen, sie forderte ihn nicht einmal mehr zum Rasieren auf am Morgen, sie warf ihm resignierte Blicke zu, schickte Hendrik auf sein Zimmer und fing an, Gemüse fürs Abendessen in kleine Stücke zu schneiden.

Es gab sie irgendwann nicht mehr, die Auftritte und Showeinlagen, für die sein Vater übte und vor dem Spiegel den Mund bewegte, vor denen er sich eiskaltes Wasser ins Gesicht spritzte und sich zusammenriss, dass es ihm wehtat in der Brust, bloß um dann dazustehen und ein Hemd zu tragen und zu lächeln und Hendrik mit einem Handschlag zu begrüßen, wenn er aus der Schule kam.

Sie aßen manchmal zu zweit zu Abend, während der

Vater im Bett liegenblieb und sagte, er sei zu müde, er sei sehr müde, so müde, dass man sich gar keine Vorstellung davon würde machen können, selbst wenn man tagelang wach blieb.

Danach blieben sie nur noch wenige Wochen in dem winzigen Ort.

Die Zeit, die sie später vorübergehend nannten, wohnten sie bei Hildis' Cousine, das waren drei Anstandsmonate. Vor dem Fenster verlief eine vierspurige Straße, und man konnte die S-Bahn hören, in regelmäßigen Abständen, und die ersten Abende saß Hendrik fasziniert auf der schmalen Bank und schaute den Lichtern zu, gelb und rot, gelb und rot, ab und an blaue Schatten und hin und wieder ein Blinker, wenn jemand zur Tankstelle einbog.

Da gibt es nicht viel, was im Gedächtnis bleibt, vor allen Dingen nicht in einer solchen Zeit, aber eine Sache merkte er sich doch, ganz unbewusst, erst Jahre später fiel ihm wieder ein, was er gedacht hatte, nachdem er lange auf den Stadtverkehr heruntergeschaut hatte.

Alles bewegt sich, dachte er, nur diese drei Worte, aber er wiederholte sie mindestens zwanzigmal in seinem Kopf, alles bewegt sich, alles bewegt sich, alles bewegt sich.

16

Manchmal verschwimmt in meiner Erinnerung alles, da gibt es keine Jahreszahlen oder Körpergrößen, die an einem bunten Zentimetermaß am Türrahmen gemessen wurden, da gibt es bloß einige Konstanten, einige Regelmäßigkeiten. Der Esstisch mit all den Flecken und Kratzern, die Deckenlampe in der Küche, die vielen Fotos im Treppenhaus, eingerahmt in Holz, die beigefarbenen Anzüge, die Verstecke in unseren Zimmern, Jaro und ich, wie wir außer Atem und mit wirren Haaren zum Essen erschienen, nachdem wir uns einmal in den Keller und dann wieder in den zweiten Stock nach oben gejagt hatten. Der Geruch nach frischem Pfefferminztee, der vor Wochen im Garten geerntet worden war, das Knistern der Zeitung, die Badgeräusche, wenn ich schon im Bett lag und im Halbschlaf hören konnte, wie sie sich die Zähne putzten und dabei leise und undeutlich redeten, da wusste ich immer: Es ist so spät, dass ich eigentlich längst schlafen sollte.

Es gibt nicht viele Erinnerungen, die ich bestimmten Zeiten zuordnen kann, das beschränkt sich auf wenige.

Zum Beispiel dieses eine Mal, als wir mit einem Schiff fuhren, auf Klassenfahrt, im vierten Schuljahr. Die erste richtige Klassenfahrt, ein paar Tage lang in einer Jugendherberge weit weg von zu Hause, und die meisten Kinder hatten furchtbares Heimweh und wollten es sich nicht eingestehen. An einem Tag sind wir wandern gegangen, nicht weit, vielleicht fünf Kilometer, und das dauerte schon lange genug, weil wir ständig Pause machten, um Butterbrotdosen auszupacken und Stullen zu essen und süße Apfelschorle aus Plastikflaschen zu trinken. Manche Kinder hatten Chipstüten und Schokolade gekauft von ihrem Taschengeld, in der Jugendherberge gab es einen kleinen Kiosk, und dann aßen sie den ganzen Tag nichts anderes und wurden von den Lehrern ermahnt, dass das ungesund sei und sie wenigstens zum Abendbrot etwas Vernünftiges essen sollten.

Wir wanderten bis zu einem Fluss, und dort gingen wir an Bord, wir wurden durchgezählt und durften dann draußen stehen und nach unten schauen, wo das Wasser schaumig und tosend gegen Stahl schlug. Ich hatte ein Kuscheltier dabei, keine Ahnung, was es war, ich hatte jede Menge Kuscheltiere, aber keines, das mir wirklich etwas bedeutet hätte, und ich stellte mir vor, wie es wäre, wenn ich dieses Kuscheltier einfach in das tosende Wasser werfen würde, und dann bekam ich Angst, dass es mir aus Versehen aus den Händen fallen könnte, und ich hatte plötzlich riesiges Mitleid mit dem Kuscheltier, ich wurde ganz traurig bei der Vorstellung, dass es nicht mehr da sein könnte, und klammerte die Finger fest.

Aber die Vorstellung blieb da, ich spürte einen Drang in den Händen, die Finger von dem warmen, weichen Stoff zu lösen, einfach zu lösen, aus Neugier, um zu schauen, was passiert, wenn man so etwas macht, wenn man es wirklich macht und es sich nicht bloß ausmalt.

Wir wurden nach drinnen gerufen, weil es zu kühl und zu windig wurde und zu regnen anfing, und ich drehte den Kopf in die Richtung, aus der eine Stimme meinen Namen rief, weil ich zu lange nicht reagiert hatte, und in dem Moment ließ meine Hand einfach los, entspannten sich alle fünf Finger, und wie in Zeitlupe wirbelte ich herum und schaute nach unten und suchte und suchte und konnte es nicht mehr erkennen, es war irgendwo zwischen Stahl und Schaum und Regen verschwunden.

Eine Lehrerin kam und zog mich an der Hand nach drinnen, sie war genervt und redete laut und spitz, aber ich verstand nicht, was sie sagte, es war mir egal, mein Bauch tat weh und mir wurde übel von dem Geruch nach Chips und Wurstbroten, der mir drinnen entgegenschlug, wo alle in einer Reihe saßen in ihren bunten Regenjacken, und am Abend lag ich oben in einem Stockbett und versuchte zu weinen, weil ich hoffte, dass es mir dann wieder besser gehen würde, und weil ich es für angebracht hielt zu weinen, weil ich doch traurig sein musste, aber ich konnte nicht.

Ich war nur fassungslos, fassungslos und zugleich fasziniert, dass es so einfach passieren konnte, dass etwas verschwand.

17

Hanna, Jaro und ich räumten Hannas Zimmer aus. Hendrik wollte erst später dazukommen, er packte erst einmal seine paar Sachen, drüben in der aufgeräumten Wohnung mit dem seltsamen Mitbewohner.

Ich gab mir Mühe, das nachzuvollziehen, aber es gelang mir nicht. Er hatte ja ohnehin nie ganz ausgepackt, in den Ecken standen immer schon die wenigen Umzugskartons bereit, halbvoll, er hatte nicht viel, er besaß keine großen Möbelstücke. Er hätte nur seinen Rucksack und ein paar Taschen packen müssen, eigentlich, so als würde er länger verreisen. So hätte er in die U-Bahn steigen können, im Zweifel vielleicht zweimal. Jaro hatte gestern vorgeschlagen, den Transporter schon am Abend abzuholen, um Hendriks Sachen damit herzubringen, so dass er bloß noch hätte ausräumen, sich einrichten müssen, aber Hendrik lehnte ab, er sagte: Ich muss noch packen. Ich bin noch nicht fertig.

In ein paar Kartons verstaut lagen Hannas Bücher, ihre Kleidung, ein paar Teller und Tassen, die Weingläser, die wir von ihrer Mutter geschenkt bekommen hatten vor einer Ewigkeit. Es waren nur noch drei übrig von acht; alle anderen waren kaputtgegangen im Lauf der Zeit, die hatten wir verlebt.

Wir wurden nostalgisch, als Jaro gerade den Kopfteil ihres Bettes durchs Treppenhaus trug. Unsere Sätze fingen an mit: Weißt du noch, dann verloren sie sich in losem Schmunzeln. Ich lief langsam in festen Schuhen durch den Flur und sah mich um, als würde ich selbst ausziehen und nicht Hanna.

Wir erinnerten uns an den Tag, an dem wir die Wohnung fanden, als wir schon beinahe aufgegeben hatten, es kam uns vor, als wären tausend Jahre vergangen seitdem. Tausendmal waren wir hier ein- und ausgegangen, tausendmal hatten wir Geschirr abgespült und über den Küchentisch gewischt.

Komisch, sagte Hanna, ich dachte immer, dass ich als Erste ausziehen werde. Sie sagte es, als würde sie etwas Unangenehmes zugeben. Aber ich dachte auch, sagte sie, dass es deswegen ist, weil ich mit Jaro zusammenziehe. Jetzt ist es fast umgekehrt.

Hanna stand in der Mitte ihres Zimmers, prüfend sah sie sich um, sie stemmte die Hände in die Hüfte, sie sagte: Ich lass das Regal hier. Und den Schreibtischstuhl. Und, weißt du was, ich lass auch die kleine Lampe hier und den Sessel.

Der Sessel: dunkelgrüner Stoffbezug, samtartig, etwas rauer. Er sah aus wie ein Erbstück, aber Hanna hatte ihn gefunden, beim Sperrmüll vor einem Jahr vielleicht. Ich weiß noch, wie wir ihn damals durchs Treppenhaus geschleppt hatten, dieses unhandliche Teil, ich hatte Hanna leise verflucht.

Ich hatte schon im Bett gelegen, da rief sie mich an, kannst du mir helfen, ich stehe unten vor der Tür, ich hab was gefunden. Deswegen gehörte er vielleicht uns beiden, vor allen Dingen gehörte er in diese Wohnung.

Bist du sicher, fragte ich trotzdem.

Hanna hielt eine Weinkiste mit ein paar Pflanzen im

Arm, sie würden ihr mit Sicherheit eingehen, aber sie versuchte es trotzdem immer wieder. Seit wir eingezogen waren, hatte sie in regelmäßigen Abständen abgestorbene Topfpflanzen entsorgt und neue bekommen, irgendwoher, sie hatte sie auf dem Fensterbrett abgestellt und dann vergessen, dass sie da waren, so schien es mir immer. Sie nickte, sie grinste ein schiefes Grinsen, ich glaube, es lag auch Vorfreude darin; natürlich. Sie freute sich auf ihr neues Zimmer, auf mehr Personen, auf mehr Leben in der Wohnung, einen riesigen Kühlschrank, den man zu viert teilen musste.

Ich schaute auf die Uhr. Hendrik hatte versichert, um vierzehn Uhr hier zu sein, seine Sachen abzustellen, um dann mitzufahren, uns beim Ausräumen in Kreuzberg zu helfen.

Die Dinge änderten sich, Hanna telefonierte und teilte uns im Anschluss mit, dass Max und Isa da sein würden. Das reicht, sagte sie. Warte du hier einfach auf Hendrik, wir treffen uns später, wenn alle fertig sind.

Ich sah vom Balkon aus zu, wie sie in den Kleintransporter stiegen, hinter sich im Laderaum ein ganzes Leben; ein Bett, eine Matratze, ein Schreibtisch, ein Kleiderschrank, Regalbretter und Kisten, schwere Kilos an Büchern, Ordnern, Stoffen, Unterlagen, Schallplatten. Es fühlte sich seltsam an, so dazustehen, ihnen zuzuwinken, ich dachte: Jetzt fährt sie weg, Hanna fährt weg, sie ist ausgezogen, sie hat ihren Schlüssel hiergelassen, damit er jemand anderem übergeben werden kann. Es fühlte sich endgültig an, so etwas macht man nicht so schnell rückgängig, man schleppt nicht einfach wieder drei Stunden lang Gegenstände durch denselben Flur, in die andere Richtung. Diese Endgültigkeit erschreckte mich, sie drückte mir unangenehm in den Magen, dabei war sie doch genau das, was wir wollten, wir alle, und sie war doch auch abzusehen gewesen.

Ich staubsaugte den Boden im Zimmer. Das Zimmer, das gerade weder Hannas noch Hendriks war, bloß das leere Regal erinnerte an ein Leben, der Sessel, der Schreibtischstuhl; der Staubsauger vernichtete die letzten Spuren. Haare, Hautpartikel, Staub, ich reinigte den Raum von Hanna, ich richtete ihn frisch her für einen neuen Bewohner.

Hendrik hätte eine Stunde Verspätung gehabt, wäre er jetzt angekommen, doch er tauchte nicht auf. Er ging nicht ans Telefon, er blieb unerreichbar.

In meinem Zimmer gab es keine Auffälligkeiten, hier war alles wie immer: Kommode, Regal, das Bett frisch bezogen, Karten, Bilder an der Wand, eine kleine Unordnung auf dem Schreibtisch, Staub in großen Flusen in den Ecken, an die man schlecht herankommt. Ich überlegte, wie wir drüben ein Wohnzimmer einrichten könnten, ein Sofa, einen Tisch zum Sessel dazu, mein Bücherregal, vielleicht sogar mein Schreibtisch nach nebenan.

Wir würden dann hier ein Schlafzimmer haben, dachte ich; ein richtiges Schlafzimmer, in dem wir jede Nacht nebeneinanderliegen würden, in einem Bett, das uns beiden gehören würde.

Ich verwarf den Gedanken. Wir hatten vereinbart, dass erst einmal jeder ein eigenes Zimmer bekam.

Ich schnitt eine Banane, einen Apfel, eine Orange

zu einem Obstsalat zusammen, gab Joghurt und Honig dazu. Im fast leeren Zimmer saß ich mit der Schale auf dem Boden, obwohl ich auch den Sessel hätte nehmen können; ich saß etwa so auf dem Boden wie Hanna und ich damals, als wir abwarteten, bis die anderen Interessenten verschwanden, als wir noch dachten, das seien sowieso unsere letzten Minuten in dieser Wohnung, ein Mietvertrag in unerreichbarer Ferne.

Ich saß und wartete und aß, als wäre es ein merkwürdiges Ritual. Als die Schale leer war, wäre Hendrik knapp zwei Stunden zu spät dran gewesen. Bald würden sie in Hannas neuer Wohnung fertig sein, den Transporter wieder abgegeben haben, sie würden sich kühle Biere aufmachen und anstoßen auf etwas Neues, auf etwas, das geschafft wäre. Ich versuchte noch einmal, Hendrik anzurufen, er reagierte nicht, er hörte es nicht, er kriegte es nicht mit.

Plötzlich war ich verunsichert, musste ich mich selbst ermahnen, ruhig zu bleiben; aber irgendetwas stimmte ja nicht, das war klar, das ließ sich nicht mehr bestreiten. Hendrik war zumindest so zuverlässig, dass er Bescheid gegeben hätte, er hätte angerufen und gesagt: Tut mir leid, ich komme später. Er wäre rangegangen und hätte gesagt: Ich hab die Zeit vergessen. Irgendwie würde er sich zeigen, bemerkbar machen, einen Beweis dafür liefern, dass alles so blieb wie geplant.

Um kurz nach fünf klingelte mein Telefon. Ich schreckte auf aus einem seltsamen Warten, das mich nichts weiter tun ließ als dazusitzen und die Zeit verstreichen zu lassen. Es war Hanna.

Wir sind fertig, wir bringen das Auto zurück. Ist Hendrik da? Kommt ihr her?

Mir lag alles auf der Zunge, die Warterei und die Tatsachen, das leere Zimmer, denn das wäre doch eine Gelegenheit gewesen, vielleicht hätte sie gesagt, sie fahren vorbei, sie schauen mal nach, ob er noch in der alten Wohnung ist. Sie hätte mich beruhigen können, daran erinnern, dass es keinen echten Grund gab, sich zu sorgen, keine Beweise für irgendetwas dieser Art. Sie hätte mich überredet, gleich in die U-Bahn zu steigen oder aufs Fahrrad, um ihr neues Zimmer anzuschauen, ein Chaos inmitten von Kartons und halb aufgebauten Möbelstücken, um ein Bier zu trinken, um mit ihren neuen Mitbewohnern auf dem Balkon zu sitzen.

Aber ich sagte aus irgendeinem Grund: Ja. Ja, Hendrik ist da. Wir packen aus. Wir bleiben lieber erst einmal hier.

Sie versuchte ein kleines Überreden, schob ein bisschen zerknirscht hinterher: Macht das doch später, ihr habt doch jetzt alle Zeit der Welt. Dann dirigierte sie Jaro in irgendeine Richtung, sie saßen im Transporter, sie sagte: Bieg da vorn ab, da steht schon das Schild.

Ich sagte, hör mal, vielleicht später noch. Vielleicht in zwei, drei Stunden.

Ist alles okay bei euch?

Ich schaute auf den Fußboden, dann zur Tür hinaus in den Flur, zur Decke, an der eine einsame Glühbirne baumelte. Alles okay.

Ich machte mich dreimal fertig, um rauszugehen. Ich zog Schuhe an und wieder aus, suchte meinen

Schlüssel, steckte mein Telefon in die Tasche, öffnete die Tür, dann hielt ich inne und schloss sie einen Moment später wieder. Mir jagte durch den Kopf: Jeden Moment könnte er hier sein.

Ich fragte mich, wo ich hingehen würde, würde ich es schaffen, nach draußen zu gehen; zu Hanna, zu Hendriks alter Adresse?

Vielleicht blieb ich deswegen dann doch immer drin, hinter der verschlossenen Tür, vielleicht zog ich deswegen immer wieder die Schuhe, die Jacke aus. Wenn ich nach draußen gegangen wäre, hätte ich mich entscheiden müssen, entweder für ein Ignorieren oder für eine Suche. Ich hätte entweder ein Bier trinken, auf dem Balkon sitzen, Zigaretten rauchen und Couscoussalat essen, mir anschauen können, wie Hanna ihre Dinge angeordnet hatte in ihrem neuen Zimmer. Ich hätte mich ein bisschen aufregen können, auslassen über diese plötzliche Unzuverlässigkeit, über Hendrik, über diese Art an ihm.

Oder ich hätte ihn suchen können und dann zur Rede stellen, ihn fragen: Was soll denn das? Kommst du jetzt, bleibst du hier, was ist eigentlich los, ich hab ein leeres Zimmer zu Hause, Hanna ist ausgezogen, für dich, ist dir das bewusst?

Dann hätte es vielleicht eine Reaktion gegeben, und einen kurzen Moment lang dachte ich, dass er vielleicht seine Meinung geändert haben könnte, aus irgendeinem Grund hätte er heute Morgen aufgewacht sein können und gedacht haben: Das ist gar nicht, was ich will; mit ihr zusammenzuleben in dieser Wohnung, in Hannas freigeräumtem Zimmer. So, wie mir eines Morgens plötzlich das Gegenteil bewusst geworden war, dass ich mit ihm zusammenleben wollte.

Ich redete mir ein, auf neutralem Grund zu bleiben, solange ich in der Wohnung war. Hier gab es keine Entscheidung, keine Suche, keine Reaktion. Ich kochte mir eine Kanne Pfefferminztee, getrocknete Blätter aus dem Garten meiner Eltern, ich rauchte eine einsame Zigarette auf dem Balkon, ich toastete eine Scheibe Brot, aß sie mit salziger Butter und Käse. Ich bemühte mich, nicht auf die Uhr zu sehen, nicht die Zeit zu zählen, die Stunden, die er jetzt schon hätte hier sein sollen. Aber ich bemerkte es natürlich trotzdem, dass die Zeit voranschritt, in eiligen Schritten auf den Abend zu, und nach dem Essen wurde ich nervös.

Eine immer größere Ungeduld schaukelte mich hin und her, zwischen einer ernsthaften Sorge und der gereizten Neugier, was war denn los, was war denn bloß geschehen, wo lag der Fehler.

Ich wurde wütend, es grollte in meinem Bauch, ich wurde sauer auf mich selbst für meinen Verlass, und als hätte Hendrik meine Wut spüren, als hätte er bemerken können, dass es mir jetzt wirklich ernst war, ging er bei meinem dritten Versuch ans Telefon.

Lene, sagte er, nach wenigen Sekunden Freizeichen. Ich war so perplex, dass ich nicht reagieren konnte, zumindest eine Weile brauchte, um meine Stimme wiederzufinden.

Wo bist du?

Lene, es tut mir leid. Er schluchzte. Ich meinte zu hören, dass er schluchzte.

Wo bist du, was ist los?

Zögern. Mein Blutdruck schnellte in die Höhe, glaubte ich. Seine stummen Sekunden, sein unruhiger Atem machten mich fahrig.

Dann sagte er: Haben Hanna und Jaro noch das Auto?

Ich stieß spitz einen Schwung Luft aus, schüttelte heftig den Kopf, ich hätte ihn gern zurechtgewiesen, ihm gesagt: Bist du bescheuert? Deswegen haben wir doch gefragt, gestern, es gab doch dieses Angebot, sogar heute Mittag wäre das noch machbar gewesen, aber jetzt haben sie den Transporter natürlich nicht mehr. Ich lachte kurz auf, so ein ungläubiges Lachen. Nein, sagte ich, haben sie nicht.

Okay, ich komm jetzt. Ich geh jetzt los.

Verrate mir doch mal bitte, was eigentlich –

Ich bin gleich da.

Er legte auf.

Es war fast dunkel draußen, als er vor der Tür stand. Auf dem Rücken den übervollen Wanderrucksack, Umhängetaschen über die schiefen Schultern gelegt, einen Karton in den Armen. Seine Stirn war voll Schweiß, er lächelte und stellte den Karton direkt hinter der Türschwelle ab, löste sich aus den Taschen-, den Rucksackriemen, er keuchte.

Ich konnte nicht anders, als skeptisch zu bleiben, skeptisch ließ ich mir von ihm die Arme anfassen, den Hinterkopf, skeptisch ließ ich mich küssen, knapp auf den Mund, die Nasenspitze. Er roch nach draußen, nach einem warmen Herbst, nach Grün und ein bisschen nach der harten, braunen Pappe des Kartons.

Wir trugen sein Zeug ins Zimmer, bauten daraus

eine Insel in der Mitte; da, wo ich den Obstsalat gegessen, wo ich gewartet hatte. Dann riss Hendrik einen Reißverschluss auf, zerrte ein paar Stoffe hervor, ein Handtuch, ein T-Shirt, er grinste mich knapp an und sagte: Ich geh duschen.

Die Badezimmertür stand offen währenddessen. Ich hörte das Rauschen, ein leichter Dampf zog seine Bahnen in den Flur hinein. Nachdem ich stundenlang, einen ganzen Nachmittag gewartet hatte, fühlte ich mich jetzt beinahe überfallen. Als wäre er überstürzt angereist, ganz spontan, als hätte er ohne meine Einwilligung seine Habseligkeiten hier abgelegt, in den Raum geworfen wie ein Ausrufezeichen. Ich bin jetzt da, und ich bleibe hier.

Das Wasserrauschen stoppte abrupt, schon wieder zuckte ich zusammen, als wäre ich nicht daran gewöhnt gewesen, dass hier eine weitere Person lebte und duschte und Geräusche verursachte. Ich ging in mein Zimmer, wo Hendrik mit nassen Haaren auf dem Bett lag in einem grauen T-Shirt und Boxershorts, erschlagen, die Arme überkreuzt auf der Stirn abgelegt. Ich setzte mich auf die Kante, noch immer kriegte ich die Skepsis nicht aus den Mundwinkeln, das Zögern nicht aus meinen Fingern. Er zog mich zu sich auf die Matratze, die Decke, komm her, sagte er leise, ganz weich seine Stimme. Ich musste erst gar nicht ansetzen, um zu fragen, wo er gewesen war, was für eine Zeitrechnung denn hier stattgefunden hatte, er fiel mir in gedachte Worte mit einem Kuss, er löste mein Zögern auf, indem er seinen Körper gegen meinen drückte. Ich bin jetzt da, sagte er, die Augen kaum geöffnet.

Er entschied sich für ein Ignorieren, er entschied es für uns beide, er zementierte seine Anwesenheit, als wäre es nie anders gewesen, als hätte ich nie auf ihn gewartet. Er sagte es noch einmal:

Ich bin jetzt da.

18

Sie zogen dann bald um, diesmal richtig, mit vielen Kisten und ein paar von den alten Möbeln, sie hatten sich gerade an die vierspurige Straße gewöhnt und an die Gegend, als es weiterging. Sie verabschiedeten sich von Hildis' Cousine, als würden sie das Land verlassen, dabei wechselten sie bloß den Stadtteil.

Hendrik fragte Hildis, warum das sein musste, ob es denn anders nicht ginge, ob sie dann nicht allein –

Hildis unterbrach ihn und sagte, ohne ihn dabei anzuschauen: Da ist jemand, der hilft uns. Ein Freund. Ein guter Freund von mir.

Die neue Wohnung lag im vierten Stock und man konnte mit einem Aufzug nach oben fahren, es war die Wohnung von Armin, der den Möbelpackern hin und wieder half, dazwischen rauchte er Zigaretten vor dem geöffneten Transporter. Er war sehr groß und kräftig und krempelte sich die Ärmel hoch, er sagte Dinge wie: Dann wollen wir mal, er zwinkerte Hendrik zu, viel zu oft und viel zu bemüht, als dass er es erwidert hätte.

Hendrik bekam sein eigenes Zimmer, groß und mit einer blaugestrichenen Wand, was für ein Zufall, sagte Armin, als hätte ich das geahnt, dass du herziehst, junger Mann!

Am ersten Abend, als Hildis und Armin in der Küche saßen und Rotwein aus riesengroßen Gläsern tranken, schaute Hendrik auf die Straße hinunter und zählte die wenigen Autos und versuchte zu verstehen, was die Fußgänger redeten. Er hielt nicht lange durch, es war kaum etwas los, und dann zog er die Vorhänge zu und dachte: Es bewegt sich nichts mehr da draußen, gar nichts.

Da gab es bald keine Fluchtpunkte mehr und erst recht keine Schiffe am Horizont, da war alles bloß eine Flucht.

Hendrik merkte irgendwann einmal an, dass er es seltsam fand, den Vater zu ersetzen, einfach so mir nichts, dir nichts.

Das ist kein Ersatz, sagte Hildis, und: Das ist das erste Mal, dass sich wirklich jemand kümmert nach dieser Unverschämtheit von deinem Vater, dieses Arschloch, das solltest du ihm niemals verzeihen, dass er dich so im Stich gelassen hat.

19

Wir blieben am nächsten Tag zu Hause, am übernächsten auch, das gesamte Wochenende lang. Donnerstag bis Sonntag als eine Aneinanderreihung von Stunden, keine Tage mehr, bloß ein Wechsel von Lichtverhältnissen. Hannas neues Zimmer, die Einladungen, die Aufgeregtheit und die anderen, das brauchten wir gar

nicht, wir sahen uns kurz an bei den Anrufen Freitagabend, Samstagabend, wir konnten uns das vorstellen: ein großes Hallo und eine Führung durch die neue
Wohnung, hier das Bad, da der Balkon; dann die übervollen S-Bahnen, in denen es nach verschüttetem Bil-
ligschnaps roch, die endlos vielen Zigaretten, die man
beim Tanzen rauchte, ohne dass man es so richtig mit-
bekam, die angetrunkene Orientierungslosigkeit, die
Sonnenaufgänge, das Herumstreunen, die Ruhelosig-
keit, bis man irgendwann in irgendeinem Bett lag und
die Mischung aus Alkoholabbau und Schlaf über ein
verspanntes Gesicht herfiel.

Wir blieben nebeneinander liegen, Fingerkuppen
auf Haut, meine Nase in Hendriks Hals vergraben.
Manchmal hörten wir Musik, die unseren Herzschlag
beschleunigte, erwartungsvoll erhobene Finger in der
Luft, kurz bevor ein Bass einsetzte, Augenschließen.
Den ganzen Sonntag regnete es, und wir öffneten die
Fenster und warteten während der Rotphasen auf das
Autorauschen.

Wir verloren Uhrzeiten und Regelmäßigkeiten, wir
warfen Decken auf den Boden, bissen uns auf die Lippen, hielten uns absichtlich hin, bevor wir miteinander schliefen.

Wir organisierten uns nicht, wir erstellten keinen
Putzplan, und wir richteten auch nicht viel ein. Aber
eine Woche später konnten wir die anderen schließlich nicht mehr hinhalten; Hanna nicht, Jaro nicht;
heute begießen wir mal die neuen Wohnsituationen,
heute aber wirklich, sagten sie.

In Hendriks Zimmer, das noch immer leer war bis

auf seine Taschen und den Rucksack, bis auf Hannas übrig gebliebene Möbel, saßen wir dann abends auf dem Boden. Piet und Iris, zwei Kollegen von Hendrik aus der Kneipe, sie hatten einen Kuchen mitgebracht; Hanna und Jaro saßen da, Isa und Torge. Wir aßen den Kuchen und tranken Bier dazu, wir stießen an, endlich, auf Hendriks Einzug, auf Hannas neue Mitbewohner, auf die Veränderung, die wir alle herbeigesehnt hatten, auf die neue Situation.

Mit Iris zusammen ging ich auf den Balkon, um zu rauchen.

Schön hier, sagte sie. Schöne Wohnung.

Ich reichte ihr mein Streichholz weiter, sie ließ sich Feuer geben, und ich wollte schon ansetzen mit der Geschichte (Was für ein Glück, Hanna, ich und dieser kauzige Vermieter, sonst findet man eine solche Wohnung ja wirklich nicht, nicht mehr), als Iris fragte: Woher kommt Hendrik eigentlich?

Es fühlte sich gut an, das gefragt zu werden, so als gäbe es neben Hendrik bloß noch eine Person, die Antworten haben könnte, und die war ich.

Aus dem Norden, sagte ich. Aus der Nähe von Hamburg.

Sie rauchte zwei, drei Züge, und dann sagte sie: Er redet nie über sich. Auch nicht, wenn man ihn fragt. Wir wissen alle gar nicht, wie sein Leben vorher ausgesehen hat. Er sagt nichts. Bis auf diesen einen Namen ab und zu, den streut er manchmal ein, so ein bisschen wie aus Versehen. Klara, glaub ich.

20

Hendrik verbrachte die Nachmittage in seinem Zimmer. Er saß vor dem Computer und spielte Spiele. Er versäumte das Mittagessen, immer wieder; keinen Hunger, sagte er, wenn Hildis schwach an die Tür klopfte. Später holte er sich Müsli mit kalter Milch aus der Küche, einen großen Löffel aus der Schublade. Damit setzte er sich wieder vor den Computer, dann las er ein Buch, machte halbherzig Hausaufgaben; er verließ den Raum nur, wenn es unbedingt sein musste. Er kapselte sich ab, igelte sich ein, er sagte nicht Hallo und nicht Auf Wiedersehen, er ignorierte das Abendessen, holte sich später Reste aus dem Kühlschrank, bestand darauf, dass sein Körper anders tickte, zu anderen Zeiten nach Nahrung verlangte.

Armin war genervt, wenn er nach Hause kam, immer. Stressige Tage mit vielen Telefonaten lagen hinter ihm, Telefonate mit anstrengenden Klienten, mit anstrengenden Kollegen. Viele E-Mails musste er tippen, viele Fragen musste er beantworten, Fragen der nervösen Sekretärin, Fragen von aufgebrachten Kollegen, von gelangweilten Kollegen. Er schloss die Wohnungstür auf und fand das immer gleiche Bild vor: Hildis in der Küche, sie bereitete ein Abendessen vor, eine Schüssel Salat oder mal eine Suppe, frisches Brot und Antipasti, ein Glas, eine Flasche Wein dazu; die Räume lagen ruhig, keine Musik, kein laufender Fernseher, und Hendrik war in seinem Zimmer.

Am Anfang klopfte Armin an seine Zimmertür. Kommst du bitte, wir essen, sagte er in einem freundlichen Ton, bemüht darum, den Stress auszuklammern. Dann noch einmal, lauter, mit Nachdruck, schließlich öffnete er die Tür und schaute herein. Hendrik mit seinen Kopfhörern am Schreibtisch, vor dem Computer; Hendrik mit seinen Kopfhörern auf dem Bett, mit einem Buch. Kommst du essen, kommst du jetzt bitte. Hendrik sah auf, schob langsam die Kopfhörer von den Ohren, keinen Ausdruck im Gesicht, ein leerer Blick, desinteressiert: Ich hab keinen Hunger.

Setzt du dich dann wenigstens dazu, deine Mutter hat Essen gemacht.

Ich hab keinen Hunger.

So ging es ein paar Wochen, ein paar Monate lang. Hildis räusperte sich bei Tisch, nippte am Wein. Armin aß hektisch, kaute zu schnell. Was soll das denn, das ist doch unverschämt, sagte er.

Bestimmt nur eine Laune, sagte Hildis, bestimmt die Pubertät.

Die Pubertät interessiert mich einen Scheißdreck, sagte Armin, trank große Schlucke Wein. Er kann sich nicht benehmen, sagte er. So einfach ist das.

Hildis versuchte es immer wieder; sie war bereit, viele Chancen zu geben. Sie passte Hendrik ab, wann immer er durch den Flur lief, kurz vor der Schule oder wenn er nach Hause kam, sie fasste seine Schulter an und sagte: Er meint es doch nur gut. Er gibt sich Mühe, weißt du.

Hendrik schaute sie an. Er schüttelte die Hand nicht ab, er schüttelte auch nicht den Kopf. Er nickte knapp, er sagte: Okay; aber er wusste, dass es nichts ändern würde. Dass er sich nicht ändern konnte.

Ist das die Pubertät, fragte sich Hildis, ist das seine Sturheit, kann er nicht, will er nicht, was ist das bloß? Ihr Sohn war ihr fremd, sie fühlte sich, als wäre all das ihre Schuld, als hätte sie ihn herausgerissen aus seiner Welt und in eine neue gesteckt, in der er nicht zurechtkommen konnte. Sie sagte es Armin, sie sagte: Ich glaub, das ist meine Schuld, ich überfordere ihn.

Armin schüttelte den Kopf, er legte seine große, raue Hand auf ihren Unterarm. Das ist nicht deine Schuld. Er strich über ihre Wange, ganz sanft, er war ein guter Mann, er kümmerte sich, er kümmerte sich sehr gut um sie, er sagte: Das ist allein seine Schuld.

Wir wollen dir nichts Böses, verstehst du, wir nicht. Hildis musste kämpfen, damit ihre Stimme nicht zu sehr zitterte, damit sie nicht anfing zu heulen, sie riss sich zusammen, ihr Herz schlug viel zu schnell. Wir können nichts dafür. Ich kann nichts dafür. Armin kann nichts dafür. Du kannst nichts dafür. Der Einzige, der etwas dafür kann, ist dein Vater. Dein Vater hat uns im Stich gelassen, das macht dich wütend, das kann ich verstehen. Er trägt die Schuld, nur er. Wir machen hier bloß weiter; wir versuchen bloß, weiterzumachen.

Hendriks Blick verglaste sich. Sein Gesicht lag ganz entspannt. Er sah sie an, die Frau, die seine Mutter war, er sah ihre aschblonden Haare, die dünn bis zum Kinn hingen. Ihre braunen Augen, müde und nachlässig geschminkt, kleine Fältchen als Rahmen. Ihre Wangenknochen, ihren schmalen Hals; sie war sehr zierlich, beinah zerbrechlich wirkte sie, wie sie dasaß, ihre Hände, die man einmal fein genannt hatte, bestanden aus knochigen Fingern.

Armin meint es gut, sagte sie, ihre Augen wurden feucht, jetzt doch. Hendrik biss sich auf die Lippe, das ist immer schwer, anzusehen, wenn die Mutter weinen muss. Sie wischte sich über das Gesicht, zwang sich zu einem Lächeln. Er meint es wirklich gut mit dir. Dann brach sie in sich zusammen, kauernd saß sie auf dem Stuhl, stützte die Arme auf den Küchentisch und in ihre Handflächen den Kopf. Er hat uns das angetan, sagte sie, dein Vater hat uns das angetan, ich weiß nicht, warum; ich hasse ihn dafür.

Hendrik war nervös, er kaute an einem Fingernagel, er zwang sich dazu, ruhig zu bleiben. Er hätte sie gern in den Arm genommen, sie war ja seine Mutter, er hätte sie gern getröstet, sie tat ihm leid. Aber dann wurde er doch wütend, er wurde wütend, weil sie so redete, weil sie so von seinem Vater sprach.

Sie hatte nicht um ihn getrauert, nie, sie hasste ihn bloß. Sie fühlte sich verraten. Dabei hatte sie ihn doch verraten, das wusste Hendrik, das hatte für den Graben gesorgt zwischen Hildis und ihm.

Mama, sagte Hendrik, und sie nickte mit geschlossenen Augen, sie stand auf und holte sich Taschentücher, sie putzte sich die Nase und atmete tief durch. Alles in Ordnung, sagte sie, ein kleines Lächeln. Lass uns weitermachen, ja, sagte sie, strich über Hendriks Kopf, eine mütterliche Geste, eine liebevolle Art.

Sie wünschte sich Normalität, sie wünschte sich, zu einer Tagesordnung überzugehen mit Hendrik und mit Armin, mit ihrem Sohn und mit ihrem Mann. Sie wollte vergessen, hinter sich lassen, sie wollte so tun, als wäre es nie anders gewesen, als wären sie immer schon hier gewesen, in dieser Stadt, in diesem Viertel, in dieser Wohnung, in diesem Leben.

Hendrik trug seine Kopfhörer. Er trug sie im Zimmer, er trug sie in der U-Bahn, auf dem Weg zur Schule. Er trug sie, wenn er durch das Tor lief, den Hof betrat, auf dem die anderen in Grüppchen zusammenstanden. Er überquerte den Hof, vorbei an den Tischtennisplatten aus Stein, vorbei an den Fahrradständern, an den Holzbänken. Wie würde man die Leute beschreiben, mit denen er zu tun hatte, mit denen er sich umgab, freiwillig? Es waren nicht seine Freunde, nicht direkt. Es war nicht so, dass er sie überschwänglich begrüßte, dass er im Unterricht mit ihnen flüsterte, sich für die Nachmittage verabredete, dass er sofort mit eingeplant wurde für die Partys. Er hielt sich zurück, er grüßte mit einem Nicken. Er war kein seltsamer Einzelgänger, kein komischer Typ, der sich zum Rauchen hinter das Schultor verdrückte und über den dann abfällig geredet wurde. Er war da, er wurde respektiert, er war nicht der Mittelpunkt, aber er wurde auch nicht vergessen. Er polarisierte nicht, er wurde nicht verabscheut und er wurde nicht vergöttert, er war ein Teil der Gemeinschaft, ein ruhiger Teil, ein unspektakulärer Teil, auf eine Art womöglich ein geheimnisvoller Teil; er gehörte dazu. Immerhin.

21

Natürlich blieb etwas zwischen uns geschoben, selbstverständlich gingen wir nicht einfach zu einer alten Tagesordnung über. Eine alte Tagesordnung, das hätte bedeutet: Wir drei am Stadtrand, wir drei in der Schule, wir drei auf den Partys der Abiturjahrgänge. Wir drei mit ersten Bieren, ersten Schnäpsen, ersten Zigaretten, wir drei mit naiven Träumereien von der Welt, wie man sie sich ausmalt mit siebzehn, achtzehn, neunzehn. Ein billiges Zimmer in einem schönen Kiez, lange schlafen am Morgen, ein paar Stunden Beschäftigung mit den Dingen, die man für wirklich interessant hält, Freunde treffen, vegetarische Gerichte kochen, über Weltpolitik sprechen, Bier trinken, losziehen, Schlange stehen, tanzen, von vorn, für immer. Die alte Tagesordnung hätte bedeutet: Hanna und ich, ein geheimer Bund zwischen uns beiden in unserem Dreiergespann, mit Heimlichkeiten und Geschichten, die niemals zu Jaro vordringen würden. Es hätte auch bedeutet: Jaro und ich, ein offensichtlicher Bund, ein komplett geteiltes Leben, natürlich mit einer geschwisterlichen Distanz, aber eben auch mit dieser geschwisterlichen Verknüpfung, mit einer Ineinanderverwobenheit. Ich in der Mitte. Das hätte es bedeutet.

Und selbstverständlich wäre es seltsam gewesen und befremdlich, es wäre sehr falsch gewesen, wäre ich dort steckengeblieben in der Mitte zwischen Jaro und Hanna. Und genauso selbstverständlich wollten

wir uns das nicht eingestehen, was hätte unsere Ver-
bundenheit auch für einen Wert gehabt, hätten wir
einfach gesagt: Na gut, dann fallen wir jetzt eben auseinander, schaut doch, es ist doch offensichtlich, dass
wir nicht mehr zu dritt sind.

Ich erwischte Hanna selten alleine, und ich traf
mich kaum mehr mit Jaro. Wir gingen zusammen in
Bars und Kneipen, in denen wir andere trafen, wir unterhielten uns über das, was gerade so los war, Uni,
Praktikum, Job, das muss noch getan, so viel muss
noch geschafft werden, am Freitag ist diese Party, gehen wir hin, die anderen gehen auch.

Hanna und ich planten halbherzig Urlaube zu zweit,
wir überlegten, wohin wir fahren könnten: nach Prag
mit dem Zug, weiter nach Budapest, nach Ljublja-
na vielleicht. Wir waren uns einig, dass uns so etwas
guttun würde, ein verlängertes Wochenende, ein paar
Tage zu zweit an einem neuen Ort. Aber dann schei-
terte es doch immer an Details. Ah, es gibt keine Spar-
preise mehr für die Bahnfahrt. Diesen Monat ist mir
das zu teuer. Jetzt hab ich Prüfungen. Da beginnt mein
Praktikum. Lass uns das verschieben, bloß ein paar
Wochen weiter, irgendwann wird es schon passen.

Es blieb bei diesem Irgendwann, wir konkretisierten
nicht weiter, wir legten nicht einfach ein Datum fest,
wir beschlossen nichts mehr. Wir lebten zu zweit auf
sechzig Quadratmetern, unsere Schlafzimmer direkt
nebeneinander, wir teilten die Küche und das Badezimmer, den Balkon, den Flur, aber wir verpassten uns immer häufiger. Hanna blieb an so vielen Abenden in Jaros WG. Sie wob sich einen engeren Kreis aus ein paar

Kommilitonen, es gab dann plötzlich Isa und Torge und deren Wohnung, in der sie Referate vorbereiteten und für die Prüfungen lernten. Sie lud mich ein, zu Geburtstagen, Abendessen, am Anfang sagte ich zu, ich lernte Isa und Torge kennen und ihren Mitbewohner Max, ich unterhielt mich mit ihnen über Filme, über Clubs, über Musik, ich mochte sie alle, aber es ergab sich nichts Größeres, nichts Tieferes. Es blieb bei einem entspannten Plaudern, das ohnehin meist nach wenigen Stunden einem angetrunkenen Schwadronieren wich, bis wir uns in Lichtblitzen und Musik verloren und nebeneinanderher tanzten, uns gegenseitig aus unseren Bierflaschen trinken ließen. Irgendwann fing ich an, einfach weiterzuziehen, einfach zu gehen, ohne mich zu verabschieden. Ohne die anderen holte ich meine Jacke an der Garderobe ab. Irgendwann sagte ich nicht einmal mehr zu, ich ließ sie in ihrem gewohnten Kreis losziehen, ein Kreis aus Jaros WG, Isas WG und Hanna; ich traf stattdessen Bekannte, ich ging in andere Clubs, ich saß mit Zufallsbekanntschaften in Bars herum.

Sonntags besuchte ich meine Eltern zum Kaffee, zum Abendessen. Jaro kam manchmal dazu, manchmal lag er nachmittags schon auf dem Sofa im Wohnzimmer, wenn ich ankam, er grinste mich dann aus einem verschlafenen Gesicht an, verkatert, zertanzt. Das Wohnzimmer unserer Eltern wurde zu unserem Rückzugsort, nach Freitagen, Samstagen, wir ließen uns bekochen und tranken Tee, wir sahen fern und ließen uns berieseln von den Geschichten unserer Eltern, was passierte in der Nachbarschaft, was war losgewesen bei der Arbeit, welche Reise hatten sie sich gerade herausgesucht. Wir blieben im Elternbereich, wie wir Jahre zuvor Küche, Wohnzimmer, Essecke getauft hatten; wir verkrümelten uns nicht in eines unserer Zimmer, die mittlerweile umfunktioniert waren: ein Büro, ein Gästesofa. Unsere Gespräche waren einsilbig. Manchmal strich Jaro mir über den Kopf, wenn wir auf dem Sofa lagen, manchmal erzählte er seine Wochenendgeschichten, pass auf, es ist was Witziges passiert, wir hatten nur ein bisschen Speed, aber dann. Isa und Mareike haben schon wieder rumgeknutscht, ich glaub tatsächlich, das ist was Ernstes.

Manchmal stellte ich Nachfragen, die bloß aus Namen bestanden. Mareike? Ach so. Stimmt (eigentlich: keine Ahnung, keine Erinnerung). Samir? Der neue Mitbewohner. Stimmt (in welcher Wohnung noch gleich? In irgendeiner Wohnung, egal).

Von Zeit zu Zeit kam Hanna dazu, zum Essen, als wäre das ein Ritual, das wir unbedingt beibehalten mussten. Hanna, Jaro und ich mit unseren Eltern im Reihenhaus am Stadtrand zum Abendessen.

Wir ließen uns durch die Sonntagabende fallen, wir machten Witze, wir erzählten von gemeinsamen Unternehmungen, manchmal fiel meiner Mutter eine Geschichte von früher ein (früher, das heißt: die Zeit des Dreiergespanns, früher im Sinne von vor fünf, sechs, acht Jahren), die wir kommentierten, während wir die Mousse au Chocolat löffelten, die mein Vater selbst gemacht hatte, ein neues Rezept, mal wieder etwas ausprobiert. Es gab kein Unwohlsein, es gab keine erzwungenen Gespräche, keine Auffälligkeiten. Wir verstanden uns alle hervorragend.

Ich weiß nicht, ob meinen Eltern ein Unterschied aufgefallen war, ich könnte nicht mit Sicherheit sagen, ob es überhaupt einen gab. Vielleicht war es nämlich eben kein Unterschied, sondern eine Entwicklung, vielleicht waren nicht wir anders, sondern bloß die Zeit.

22

Wir überlegten es uns dann doch anders und räumten mein Bett in Hendriks Zimmer, das größere der beiden. Da stand es nun in einer Ecke und füllte den Raum ein bisschen mehr aus. Unsere Zimmer verschwammen ineinander: Es gab noch meines und seines, aber wir schliefen in diesem hier; sein Zimmer, mein Bett, natürlich, logisch, was hatten wir uns vorher auch gedacht.

Wenn Hendrik nicht da war, konnte ich nicht anders, als durch das Zimmer zu schleichen. Zuvor hatte ich nie die Möglichkeit gehabt, mit seinen Sachen allein zu sein, höchstens dann, wenn er kurz im Bad gewesen war oder einen Tee gekocht hatte.

Und jetzt waren all seine Sachen hier, nur eine tragende Wand trennte sie von meinen, und er ordnete sie merkwürdig an.

Seine Socken lagen einzeln in einem Korb, fast sah es so aus, als gäbe es kein einziges zusammenpassendes Paar; es waren Wollsocken dabei, offenbar selbst gestrickt, mit kleinen Macken darin, vielleicht Gebrauchsspuren.

Die Kleidung lag in dem Regal, in dem Hanna zuvor

ihre Bücher einsortiert hatte. Es sah nicht mehr aus, als hätte es einmal ihr gehört. Dunkelblaue Pullover lagen darin, seltsam gefaltet; graue, weiße T-Shirts, verwaschenes Rot, Grün und Schwarz hier und da, blaue Streifen. Vier, fünf warme Pullover, eine Strickjacke lag auf dem Boden vor dem Regal. Norwegermuster. Ich befühlte das Material, es war eine dieser Strickjacken mit einem weichen Innenfutter, Fleece, und die Wolle fühlte sich hart an, als wäre sie Jahrzehnte alt, robust geworden durch Wind und Wetter.

Ich sah mich in regelmäßigen Abständen um, zur Tür, zum Fenster hin, als hätte mich jemand beobachten können oder womöglich bei etwas ertappen. Dabei machte ich ja nichts, was verboten gewesen wäre oder anstößig, ich fasste bloß Stoffe an und schaute, wie er die Dinge anordnete; mein Zimmer hätte ihm genauso offen gestanden, all meine Sachen lagen bereit darin.

Zwischen den Kleidungsstücken, auf dem obersten Regalbrett und überall verteilt auf dem Boden lagen Bücher, nicht viele, ich zählte acht, zwölf, dreizehn, vierzehn.

Ich hatte damals alles mitgenommen, kistenweise Geschichten und Erinnerungen aus dem Keller meiner Eltern, und dann in den dritten Stock getragen. Briefe, die Hanna und ich uns in der achten Klasse geschrieben hatten, auf Löschblattpapier und um den Physik- oder Französischunterricht zu überstehen. Inhaltsleer. Gehen wir später ein Spaghettieis essen? Hast du gesehen, dass Nico die ganze Zeit rüberguckt? Ich versteh die komische Grammatik nicht, was soll das, qu'est-ce que. Was ist jetzt eigentlich mit Sebastian?

Ich besitze alte Fotoalben, sorgsam eingeklebte Bilder aus dem Urlaub, sicherheitshalber noch einmal danebengeschrieben, was zu sehen ist, in krakeligen Buchstaben. Wir an der portugiesischen Atlantikküste. Papa und Jaro beim Wandern in der Sächsischen Schweiz. Lenes vierzehnter Geburtstag, Kaffee und Kuchen mit Oma und Opa. Hochzeitstag Mama und Papa, Essen bei Luigi.

Freundschaftsbücher. Hobbys, Lieblingsessen, Berufswunsch, ein Satz für Dich: Lebe munter, lebe froh, wie der Mops im Haferstroh.

All das war da, und wenn nicht in meinem Zimmer, dann zumindest in Kartons irgendwo; auffindbar binnen weniger Minuten. Das sind Dinge, die man nicht so einfach hergibt, zurücklässt oder wegwirft.

In Hendriks Zimmer fand ich so etwas nicht, keine Erinnerungen, keine Fotos, kein Anzeichen einer Vergangenheit. Hier warf bloß die Sonne fenstergroße Flecken auf den Boden durch die verschmierten Scheiben, mindestens mehrere Monate lang nicht geputzt.

Irgendwann fand dann doch ein Stück Vergangenheit den Weg hinaus, direkt aus Hendriks Mund, als nichts hätte nebensächlicher sein können. Wir saßen beim Frühstück. Ein freier Tag, Wochenende, draußen ein bisschen zu früh die ersten Flocken grobkörniger Schnee und drinnen die Küche; brennende Kerzen und der Geruch nach Früchtetee, Mandarinen und Rührei.

Gespiegelt oder gerührt, das hatte er vorher gefragt, wie willst du dein Ei, mit einem Grinsen im Gesicht.

Meine Haare hingen mir noch nass über die Schultern, er hatte sich beeilt, binnen Minuten den Tisch gedeckt, durch die geschlossene Badezimmertür gerufen: Fertig. Du musst kommen.

Wir mussten nicht arbeiten, ich nicht, Hendrik nicht, keine Schicht in der Kneipe. Wir hatten keine Pläne, dieser Tag würde nicht für große Aktionen existieren, nicht für Ausflüge, allerhöchstens für einen winzigen Spaziergang, da war ich mir sicher. Wir würden die Stimmung beibehalten, diese stille Gemütlichkeit und das Wissen, dass es nichts außerordentlich Wichtiges zu tun gab.

Er erwähnte den Namen in einem Nebensatz, der gar nicht hätte auffallen müssen. Ich erinnere mich nicht genau, komischerweise, dabei hätte mir doch genau das im Gedächtnis bleiben, hätte ich diesen Wortlaut unmittelbar auswendig wissen sollen.

Vielleicht so etwas wie: Sie mochte das nicht, die Stunden so ziehen zu lassen, einen Tag so zu verschenken, Klara brauchte ihre Pflichten.

Danach fragte ich mich, ob er das geplant, ob er nur auf eine sich zumindest halbwegs eignende Gelegenheit gewartet hatte. Oder ob es Zufall gewesen war, das Einstreuen einer Anekdote ohne Hintergrund, das bloße Aussprechen von Gedanken.

Ich wusste nicht, ob nachfragen oder ignorieren, beides schien mir unpassend zu sein, und es war auch nicht nötig, weil er von selbst fortfuhr, weil er den Namen in einen Zusammenhang brachte, in seine Geschichte verflocht.

Klara ist meine Exfreundin, sagte er, beinahe emotionslos. Du weißt schon, in Hamburg, sie wohnt jetzt in Wien und studiert Kunst.

Das war es zunächst, es gab plötzlich einen Namen, zwei Orte und einen Studiengang, und ich wusste nichts davon einzuordnen, und Hendrik trank seinen Tee aus, drehte seinen Hals, sah kurz zum Fenster hinaus und kommentierte dann ein Lied, das im Radio lief, ich glaube, es war etwas von Elliott Smith.

23

Armin, Hildis und Hendrik gingen essen, das taten sie oft, in schicken Restaurants, in denen Hildis viel Zeit darauf verwendete, die Stoffserviette auf ihrem Schoß glatt zu streichen. Und dieses eine Mal, da probierten sie einen neuen Laden in der Hafencity aus, ringsherum noch Baustellen, es war ein erstaunlich warmer Tag im Mai, kurz nach Hendriks Geburtstag. Sie saßen auf der Terrasse in Korbstühlen, die Sonnenschirme sahen aus wie Segel. Vor dem Essen gab es Weißwein in großen Gläsern, Hendrik trug ein blaues T-Shirt, am Saum ein Fleck Tomatensoße vom Vortag, fast als eine winzige Rebellion. Er blinzelte auf die grellweiße Tischdecke durch dunkle Gläser, verlor sich darin, er hörte nichts, nicht die leise Jazzmusik im Hintergrund, nicht Armins Worte, da war bloß ein Rauschen in seinen Ohren.

Ob er jetzt vielleicht mal die Brille abnehmen wolle, sie säßen ja hier gemeinsam an einem Tisch, das sei eine Frage des Respekts. Armin presste die Worte zwischen seinen Zähnen hervor, bemüht leise, ein paar Mal; Hildis legte ihre feinen Hände sachte in den Schoß, um sie anzustarren. Die verdammte Brille. Ob es Absicht war oder nicht, ob er sich dieses eine Mal bloß wortlos widersetzen wollte, während der Kellner zu ihnen herüberlächelte, während irgendwo ein Kind schrie, während dieser eineinhalb oder zwei Minuten, in denen Armin lauter wurde und anfing, Drohungen auszusprechen, nimm die Brille ab, Meister, oder du zahlst deine Rechnung selber.

Er hob nur leicht den Blick, von der grellweißen Tischdecke in Armins Gesicht, da tanzten Punkte vor seinen Augen, er verstand die Worte, sie drangen durch das Rauschen, aber fast hätte er gelacht, wie bitte, die Sonnenbrille abnehmen, wir sitzen hier auf einer Terrasse.

Armin diskutierte nicht, er brüllte höchstens seine Argumente und beendete dann jegliche Konversation, als hätte er für mehr keine Zeit, grundsätzlich. Er hätte auch nicht den Kürzeren ziehen können oder sich entschuldigen, für irgendetwas, da hatte er seine Prinzipien, da hatte er allem voran zu viel Stolz.

Gut, sagte er, trank sein Glas Wein in einem Zug aus, das waren fast zwölf Euro, die in ein paar Sekunden seine Kehle hinunterrannen. Er schaute Hildis an, die sich entschuldigte und aufstand, Toilette, und dann wandte er seinen Blick wieder Hendrik zu, immer noch die schwarze Sonnenbrille auf der Nase, er sagte, du respektloser Wichser, du zahlst deine Rechnung selbst.

Hendrik rührte sich kaum, als er seinen Geldbeutel

aus der Hosentasche zog, sein Bargeld auf den Tisch legte, einen Zehneuroschein und lose Münzen, die, die sich immer ansammeln, dann stand er auf und ging, nicht durch das Restaurant und den Haupteingang, sondern die Steintreppe hinunter zum Ufer und auf frisch asphaltierten Wegen zur U-Bahn-Station.

Und Hildis schaute nur fragend für einen kleinen Moment, als sie zurückkehrte, bevor ihnen große, heiße Teller aufgetischt wurden.

24

Wir fuhren weg über Weihnachten, so wie wir es früher oft getan hatten. Raus aus dem Trubel, weg von den überfüllten Märkten in der Stadt und der übertriebenen Dekoration, den anstrengenden Blinklichtern.

Jaro und ich waren zum Abendessen bei unseren Eltern, an einem Sonntag im Dezember, als sie uns mit ihren Plänen überraschten. Sie taten ganz geheimnisvoll.

Wisst ihr, was wir lange nicht gemacht haben? Mein Vater grinste wie ein kleiner Junge, und ich rechnete schon fest damit, dass es um Weihnachten ging, traute mich aber trotzdem nicht zu raten.

Wir waren schon lange nicht mehr in Dänemark, sagte meine Mutter, mein Vater schaute ein wenig enttäuscht, so als hätte er dieses Spiel gern noch eine Weile fortgeführt. Sie erzählten, dass sie schon ein paar Tage vorher nach Kopenhagen fahren würden und von dort weiter in ein Ferienhaus an der Küste. Ein Ferienhaus an der Küste, so wie früher. Sie luden Hanna ein und auch Hendrik, ganz selbstverständlich.

Aber Hanna blieb in Berlin, um ihre Familie zu besuchen und weil sie nebenher zu tun hatte, mal wieder, sie schrieb die Weihnachtsferien hindurch an zwei Hausarbeiten. Und bei Hendrik nahmen alle an, dass er nach Hamburg fahren würde, wenigstens für ein paar Tage, sogar ich dachte kurz daran, und er widersprach nicht, als ich nachfragte. Du bist in Hamburg, über Weihnachten?

Es war in Ordnung, ich kaufte Zugtickets für Jaro und mich und packte Sachen in meinen großen Rucksack, während Hendrik auf dem Bett saß und mir zuschaute.

Ich bleib wohl hier, sagte er dann, und: Ich glaub, die sind irgendwo in der Südsee, Hildis und Armin.

Man hätte alles noch wenden können, ein drittes Zugticket, das wäre es schon gewesen, aber er verweigerte sich, er sagte, das wäre schon in Ordnung, das wäre irgendwie gut, mal ein paar Tage allein sein, mal ein bisschen nachdenken.

Und ich dachte: Fünf Nächte, natürlich ist das nicht viel, natürlich ist das in Ordnung.

Im Zug legte dann Jaro seinen Kopf auf meiner Schulter ab, früher Morgen und er unausgeschlafen, eigentlich der einzige Zustand, in dem schlechte Laune bei ihm möglich ist. Wir redeten nicht viel, aber wenn, dann mit einer Ernsthaftigkeit in der Stimme, mit der wir beide nicht gerechnet hatten. Und ich glaube, das tat uns gut, diese ungewohnte Konstellation: nur wir beide, das hatte es seit Jahren nicht mehr gegeben, und als wir aus dem Bahnhof hinaustraten in eine dänische Kleinstadt, da war ich unheimlich erleichtert, dass es überhaupt noch funktionierte.

Es war früher Abend, als Hendrik anrief, teuer auf dem Handy. Es roch nach dem Gasherd und Zwiebeln in Öl, mein Vater bereitete Soße für die Lasagne vor. Es war der erste Weihnachtstag, an dem man oft einen Tisch in einem Restaurant reserviert, die Verwandtschaft besucht und sich um Harmonie bemüht. Wir hatten bloß lange geschlafen, einen Spaziergang gemacht, wie immer in den dicksten Jacken und mit Mützen und Schals gegen den Wind.

Inzwischen war ich sogar froh, dass wir ohne Hanna und Hendrik dort waren, nicht froh um ihre Abwesenheit, aber weil wir seit Langem noch einmal so unter uns sein konnten, und Jaro und ich verfielen von der Ernsthaftigkeit in alte Muster und alberten herum, als wären wir zehn Jahre jünger.

Hendrik klang aufgelöst. Die Stimme brüchig und angestrengt, als wäre es schon zu viel, aus Worten Sätze zu bilden, er hustete und räusperte sich, er fragte: Wie geht's dir?

Ich war verunsichert und hatte gleich ein Ziehen im Bauch, meine Stimme wurde wacklig. Ich berichtete kurz, alles in Ordnung, gleich Abendessen, das Wetter. Völlig banal und so, wie wir uns nie unterhielten.

Es entstand eine kurze Stille, in der wir uns zusammenrissen, bis es aus ihm herausbrach, bis ich ihn kaum noch verstehen konnte, die wenigen Worte zwischen seinen Atemzügen, so als ob gerade eine Welt zerfallen wäre, als ob Tausende Kilogramm Gewicht in sein Gehirn drücken würden. Er weinte. Er sagte: Da geht gerade nichts mehr.

Da wurde aus einer unangenehm aufdringlichen Ratlosigkeit in Sekundenschnelle eine riesengroße Angst, da war nichts mehr richtig, kein Ort, kein Gedanke und keine Bewegung.

Er hatte im Bett gelegen, den ganzen Tag schon, etwas in ihm verweigerte sich dem Aufstehen, er hatte nichts essen und nichts trinken können, allein schon, weil dafür keine Zeit blieb in den kurzen Etappen, in denen sich die Atmung regulierte, in denen da keine Angst vor etwas Größerem war, vor etwas Existenziellem.

Ich war überfordert auf eine Art, die ich davor noch nicht gekannt hatte, es wurde plötzlich alles zu viel, die Stimmen aus der Küche, die Lautstärke, der Geruch nach gedünsteten Zwiebeln und Gas, alles strahlte eine dumpfe Bedrohlichkeit aus, ich fing an zu schwitzen und setzte mich auf die Treppe, oben, und die Stufen kamen mir ungeheuer groß vor, als lägen ganze Meter dazwischen.

Ich weiß nicht, was ich tun soll, sagte Hendrik, und ich hätte gern entgegnet: Ich auch nicht, aber was hätte das geholfen, was hätte ich damit bezweckt.

Was ist mit deinen Leuten, die Kneipe, was ist mit Piet? Kannst du nicht jemanden treffen? Hannas WG?

Ich redete schnell und leise, weil ich nicht wollte, dass etwas in die Küche drang, dass mir besorgte Blicke begegnen würden nachher, ich wollte diese

Dumpfheit noch auf Distanz halten, so gut es funktionierte.

Ich konnte mir plötzlich nicht mehr vorstellen, wie das gehen sollte, wie Hendrik die Initiative ergriff, wie er Leute anrief und Pläne schmiedete. Wie er sich in seinen endlosen Erzählungen und Witzen verlor, in der Aufmerksamkeit badete. Auf einmal war da bloß noch Hendrik allein in der Wohnung, liegend, unfähig; und eine Anzahl von Tagen, die wir voneinander getrennt sein würden, und ich stellte mir vor, dass er sich vielleicht die Stunden ausgerechnet hatte, vielleicht hatte er Listen erstellt, um etwas abzuarbeiten, und wenn es nur eine Abfolge von Nächten und Tagen war.

Ich dachte: Wie vorhersehbar, es ist ja Weihnachten, auch wenn uns allen das nichts weiter bedeutet, eigentlich. Dieser Satz mit der Südsee fiel mir ein und dass ich nicht wusste, ob das stimmte, ob er nicht bloß nach einer Ausrede gesucht hatte. Ich suchte nach Lösungen, ich sagte: Pack ein paar Sachen ein, kauf ein Ticket, komm hierher. Ruf jemanden an. Geh ein Bier trinken. Du musst rauskommen.

Ich überlegte für eine winzige Sekunde, selbst binnen Stunden wieder in Berlin zu sein, als wäre das meine Aufgabe, meine Pflicht gewesen, denn ich spürte, dass es nichts brachte, dass ein Telefonat nicht reichen würde.

Vielleicht dachte ich wirklich kurz: Wie heroisch das wäre, wie selbstlos. Und als hätte ich die Idee in Worte verpackt und ausgesprochen, sagte Hendrik dann: Okay, okay, okay. Er atmete ruhiger. Okay. Tut mir leid. Keine Sorge, ja? Ich krieg das schon hin.

In der Küche, in der Jaro für uns alle Wein einschenkte und die Luft vom Kochen warm geworden war, sagte ich bloß, dass Hendrik grüßte, und wich für ein paar Minuten allen Blicken aus und konzentrierte mich darauf, meine eigene Atmung zu regulieren, denn es war ja alles in Ordnung, es war nichts Schlimmes passiert.

25

Hendrik und Klara. Sie waren im selben Jahrgang, sie kannten sich vom Sehen, auf den Fluren, im Aufenthaltsraum und auf dem Schulhof hatten sich ihre Wege oft genug gekreuzt. Sie kannten ihre Namen, bevor sie je miteinander geredet hatten.

Irgendwann saßen sie dann zufällig in einem Kurs nebeneinander. Hendrik war ruhig, beinahe verschlossen, wie immer, er verhielt sich unauffällig. Klara stieß gegen ein Glasscheibengesicht, wenn sie versuchte, mit ihm zu reden. Aber sie war bemüht, sie versuchte es immer wieder; er war ihr sympathisch, in all seiner Verschlossenheit und hinter diesem Glasscheibengesicht, das zog sie an.

Und irgendwann redeten sie miteinander, irgendwann bemerkte Hendrik: Das konnte ja funktionieren, das passte irgendwie sogar gut.

Sie waren jung, sie waren siebzehn. Sie waren Teenager, die sich durch Matheklausuren kämpften und durch den trägen Nachmittagsunterricht, sie zählten die Wochen und Monate bis zu den Abiturklausuren. Sie hatten eine gemeinsame Welt: die Schule, ein Gebäude aus den Siebzigern, muffige Klassenräume mit Linoleumfußboden, der Lehrerzimmergang, die Vertretungspläne unten im Foyer, die großangelegte Sporthalle, die Mensa, die Läden und Imbisse in der Nähe. Die Schule befand sich in einer hübschen Ecke, es war nicht zu weit in die Fußgängerzone, schnell bekam man ein Gefühl von Stadt; der Nachhauseweg, das Abschalten ging schnell, man musste dafür bloß das Schultor hinter sich lassen. In ihrer gemeinsamen Welt gab es feste Zeiten, zu denen sie sich sahen. Ein paar Fächer, Kurse besuchten sie gemeinsam: Geschichte, Mathe, Politik, Englisch.

Es gab die Pausen, in denen sie bald aneinander klebten. Sie kauften sich Eistee und saßen damit nebeneinander auf der Fensterbank. Sie lernten sich kennen. Klara erzählte, wer sie war. Sie erzählte von ihrer Familie (eine Mutter, zwei Schwestern, ein Vater etwas weiter weg, dafür außerdem noch drei Katzen), von ihrer Leidenschaft (das Malen, das Zeichnen, die Anordnung von Dingen, und in all ihrer Kreativität ihre Struktur, ihre durchgeplanten Tage), Hendrik erzählte vom Meer, davon, wie sich alles bewegt hatte in seinen ersten Tagen in dieser Stadt, wie er und seine Mutter sich allmählich abhandengekommen waren, wie er sich eine Zeit lang verloren geglaubt hatte (eigentlich tat er das immer noch).

Ihre Welt endete eine Weile genau dort, wo das Schultor war. Sie verabschiedeten sich, sie sagten: Bis morgen.

Aber bald schon blieben sie beieinander, sie trugen ihre Umarmungen nach dem Abschied weiter, nach

Hause, in die Wohnung von Klaras Mutter. Dort aßen sie, was vom Mittag übrig war. Sie fanden es in den Töpfen auf dem Herd und im überfüllten Kühlschrank. Dort schmunzelten sie über einen Streit zwischen Janka und Mia, den jüngeren Schwestern. Sie hörten Klaras Mutter zu, wie sie am Telefon leierte, wie sie sich beschwerte und klare Ansagen machte, bevor sie zur Tagesordnung überging und einen Kuchen backte, einen Tee kochte, Pflanzen umtopfte, eine Glühbirne austauschte. Sie probierten Teig, Soßen und Suppen, beurteilten gestrickte Socken, gemalte Bilder, kommentierten einen Singsang, antworteten auf drei Fragen gleichzeitig, sie gaben den Katzen zu essen und nahmen sie auf den Schoß. Es war ein Leben in dieser Wohnung, die Sinne wurden ständig hin- und hergerissen, überall Gerüche, überall Geräusche.

Sie saßen in Klaras Zimmer auf dem schmalen Bett, an die Wand gelehnt, die Tapete war rau, weißbläulich, überall hingen Bilder, Skizzen, Fotos. Eine einzige Ausstellung war ihr Zimmer, eine Ausstellung von Geschichten, Erinnerungen, Leben; in jeder Ecke fanden sich Figuren aus Überraschungseiern. Sie hörten Musik, hingen da mit schiefen Wirbelsäulen und kritzelten nachdenklich auf Collegeblöcke, in die sie Interpretationen und physikalische Gleichungen schreiben sollten. Sie lehnten ihre Gesichter aneinander, berührten ihre Wangen gegenseitig mit den Wimpern, auf dem Schoß noch die Vokabelhefte.

An so vielen nächsten Tagen sahen sie sich in der Schule wieder; verlegen brauchten sie ein paar Minuten, bevor sie sich ganz unauffällig verhalten konnten. Dann standen sie in Grüppchen mit den anderen, scherzend, redend, sie sprachen über Hausaufgaben und Klausuren, und sie warfen sich immer wieder Blicke zu, die irgendetwas zu versprechen schienen.

Ihre Mutter brachte Janka und Mia zum Bahnhof, sie fuhren für ein verlängertes Wochenende zum Vater, danach erledigte sie Einkäufe; es war später Vormittag.

Hendrik und Klara waren in der Wohnung. Sie küssten sich in geringer werdenden Abständen, sie zögerten, und zugleich wussten sie, dass ihre Zeit begrenzt war, vielleicht eine Stunde hatten sie noch allein. Sie lagen nackt unter der Decke, eng beieinander, denn das Bett war ja so schmal. Dann schliefen sie miteinander. Winzige Bewegungen, ein bisschen angespannt, sehr nervös, aber hauptsächlich war alles wie elektrisiert, warm, vertraut.

26

Mitte Februar: eine Karte. Sie steckte zwischen einem Brief der Hausverwaltung, einer Mahnung der Bibliothek und einem dünnen, braunen Päckchen mit einem Ersatzladekabel für Hendriks Handy. Ich bemerkte sie zunächst nicht, und als sie dann auf dem Küchentisch aus dem Stapel herausfiel, dachte ich zuerst an Freunde, Verwandte, die gerade im Urlaub gewesen waren. Porto in einer Schwarzweißaufnahme, von oben, Dächer, Sehenswürdigkeiten, eine hohe Brücke, ein Fluss.

Ich drehte sie um, an Hendrik adressiert, ich überlegte, ob ich überhaupt berechtigt war, sie zu lesen (streng genommen natürlich nicht), eine schräge, ordentliche Handschrift, Kugelschreiber mit blauer Mine, so viele Worte in dem kleinen Viereck wie nur möglich. Unten kein Name, sondern bloß ein K., das mich in den Magen traf, dumpf und unerwartet.

Mir schossen wirr Gedanken durch den Kopf, ich überlegte und versuchte mich zu erinnern, wann es zuletzt eine Möglichkeit gegeben hätte, wann sie das letzte Mal Kontakt gehabt, wann sie gesprochen, sich geschrieben hatten. Das konnte ich nicht wissen, natürlich nicht; Hendrik hatte ein einziges Mal ihren Namen erwähnt und ihn in einen Zusammenhang gebracht, mehr wusste ich nicht, wusste ich nicht, wusste ich nicht.

Ich brauchte einen Moment, um mich zu ordnen, um mich wieder zu orientieren in diesem Tag. Mechanisch öffnete ich die Mahnung, zerknüllte den Briefumschlag, überflog die paar Worte auf dem Blatt Papier, vor sechs Wochen hätte ich ein Buch abgeben müssen. Ich suchte nach einer Uhrzeit (später Nachmittag) und nach etwas, das zu tun war, ich erinnerte mich allmählich an Pläne: Hanna. Ich wollte Hanna besuchen, sie hatte mich eingeladen, stimmt ja, ich wollte gleich los.

Ich steckte die Karte ein und schon im U-Bahnhof bereute ich es, das war doch lächerlich und vor allen Dingen nicht mein Recht, aber aus irgendeinem Grund wollte ich vermeiden, dass sie weiterhin auf dem Küchentisch lag, dass Hendrik sie womöglich dort fand, wenn er später nach Hause kommen und ich nicht da sein würde.

Ich konnte mich nicht konzentrieren und schaute sie einige Male an, die Buchstaben und Worte, das Foto auf der Vorderseite, und ich wunderte mich, was es mit mir anstellte, so ein Stück Pappe von einem Menschen, den ich nie gesehen hatte.

Später dann.

Wir kochten Kartoffeln mit Quark, Kräuter darin, Salat dazu und öffneten einen Weißwein.

Sommeressen, sagte Hanna, und ich lächelte. Irgendwas muss man ja tun gegen den Februar, sagte sie, und ich nickte. Sie erzählte von ihren letzten Tagen, von ihrem Praktikum in einem Unternehmen, das sie in den Semesterferien machte, sie erzählte von den Wochenenden mit Jaro und den anderen, vom Zusammenwohnen zu viert, und ständig seien Gäste da, Freunde und Couchsurfer und Reisende, die Wein mitbrachten und kochten und im Wohnzimmer auf dem kleinen Sofa und auf Isomatten schliefen. Zwischendurch kam Torge in den Raum, wir umarmten uns kurz zur Begrüßung, er schnitt sich einen Apfel und kochte Tee, er fragte: Wollt ihr auch, wir verneinten, er wirkte bekifft, und als er wieder ging, sagte Hanna: Klassischer Torge. Dann erzählte sie, dass er gemeinsam mit Isa und ihrer Freundin mit LSD herumexperimentierte, seit ein paar Wochen schon; manchmal fand Hanna sie montagsfrüh in der Küche hängen und liegen, gerade wieder in der Realität angekommen.

Ich rührte im Quark herum, hörte ihr zu und kommentierte mit winzigen Lauten, ich erzählte erschreckend wenig, behielt die Karte in der Tasche und deren Inhalt für mich, und dann kam Jaro an. Er küsste Hanna zur Begrüßung und hielt mir die Hand hin, High Five, zog mich dann doch noch etwas zu stürmisch an sich heran, er sagte: Hallo, kleine Schwester.

Wir schaufelten uns Kartoffeln in tiefe Teller, salzten ein wenig nach, öffneten eine zweite Flasche Wein. Torge kam wieder dazu, die Teetasse in der Hand; Isa und Mareike setzten sich dazu, sie trugen Schlafanzughosen und Kapuzenpullover, naschten von unseren Tellern und aus der Salatschüssel, Max kam dazu, er holte sich einen Hocker vom Balkon, ein Bier aus dem Kühlschrank und drehte einen Joint.

Die Luft wurde warm, wir atmeten fast allen Sauerstoff aus ihr heraus, mir glühten die Wangen und ich trank mein viertes Glas Wein aus, während um mich herum Gespräche existierten, drei oder vier gleichzeitig, und doch reagierten ständig alle aufeinander, sprach Isa mit Torge und gleich darauf antwortete sie Hanna, die eben noch mich etwas gefragt und davor Jaro einen Kuss gegeben hatte.

Ich drehte mir eine Zigarette mit Mareikes Tabak, den sie mir lächelnd über den Tisch reichte, ökologischer, fair produzierter Tabak, und Max sprach von einer Demonstration, ich fühlte mich sehr seltsam in dieser Wohngemeinschaft, in dieser Küche, die Fenster beschlagen, die Luft verbraucht und rauchig.

Hendrik erwischte mich im Hausflur, als ich gerade die Tür aufschloss; seine Schicht war für heute vorbei, und er rief zu mir hoch. Die Wohnung lag still, die Luft fast ein bisschen zu kühl; in Jacken und Schuhen drehte ich im Schlafzimmer die Heizung hoch, und in Jacke und Schuhen besah sich Hendrik den winzigen Poststapel in der Küche. Ich haderte mit mir, ich überlegte krampfhaft, was zu tun war, ob ich die Karte nachher unauffällig wieder dazulegen, ob ich sie ihm einfach geben sollte, ob ich ihr vielleicht grundsätzlich viel zu viel Bedeutung auflud.

Er packte das Handyladekabel aus, und ich griff in meine Tasche, reflexartig, ich sagte entschuldigend und wie nebenbei: Hier, noch aus dem Briefkasten gefischt vorhin; denn das war ja immerhin eine Möglichkeit, das lag doch nicht allzu fern.

Hendrik las stumm, und ich versuchte, etwas in seinen Gesichtszügen zu erkennen, eine Veränderung, eine Regung, irgendetwas. Aber da passierte nichts, da veränderte und regte sich überhaupt nichts, da war bloß die Bewegung der Augen, der Pupillen, regelmäßig und von der einen Seite zur anderen. Dann sah er auf und mir direkt in die Augen, er sagte: Portugal, klingt doch gut.

27

Vorher, früher, damals, das bedeutet: am Meer oder zumindest das Meer in greifbarer Nähe. In diesem kleinen Ort, da sagten die anderen, die Leute und Nachbarn und Lehrer: Er sei immer eine Spur zu aufmüpfig, zu stur. Als wäre da permanent eine Wut in seinem

Bauch, der er Ausdruck verleihen müsste. Daher ja auch die vielen Male, die er abgeholt werden musste, die Schlägereien, damals, in der vierten, fünften Klasse, da sah er eben keine andere Möglichkeit.

In Hamburg dann, in der neuen Wohnung mit den großen Zimmern und den Schubladen in der Küche, die sich von selbst und lautlos und in Zeitlupe schlossen, da hatte Hendrik sehr früh bemerkt, dass er nun eher auf das Äußere statt auf das Innere angewiesen war. Dass er es sich besser nicht verscherzen sollte mit den neuen Freunden, Lehrern, Gesichtern. Dass er sich hier besser in eine andere Richtung abschotten sollte, und die betraf Hildis und Armin.

Er war dann nicht: Fünfzehn, sechzehn, siebzehn und eigentlich ein Landei, das bloß in die große Stadt gezogen war, aus sehr zerbrechlichen Verhältnissen und mit dieser Aggression im Bauch und der Sturheit, so dass man unbedingt hätte aufpassen wollen, ihm nicht zu nahe zu kommen. Nein, er tüftelte an sich und an dem Gefühl im Bauch, er ersetzte es durch eine kleine Schicht Arroganz, nur so viel, dass es nicht unangenehm wurde, aber ausreichend, dass er sich sehr darauf konzentrieren konnte, so sehr, dass die Wut hinten anstehen musste.

Stattdessen war er also: Fünfzehn, sechzehn, siebzehn, ein Teil der Gemeinschaft, seine Unauffälligkeit machte ihn geheimnisvoll, die zurückhaltende Art machte ihn interessant. Die Lehrer mochten ihn, weil er sich ruhig verhielt und im richtigen Maß bemüht war, im richtigen Maß angepasst. Er stellte nicht zu viele Fragen, er war freundlich, es war unkompliziert mit ihm. Die anderen in seiner Klasse fanden ihn nett, wann immer sie mit ihm zu tun hatten; er drängte sich nicht auf, es gab keine unangenehm erzwungenen Gespräche mit ihm. Er baute sich kleine Welten auf, in denen man ihn im Stillen bewunderte, für seine Art, durch die Flure und über den Hof zu laufen, zu schlendern, mit einem Blick, als gäbe es viel Wichtigeres, als wüsste er die Dinge eigentlich besser, als wäre er längst erwachsen.

Armin bildete sich ein, ihn zu durchschauen, er sagte: Das ist die Pubertät, er braucht Regeln, er riecht nach Alkohol, das ist einfach nur peinlich. Er erteilte Hausarrest und wartete jeden Tag darauf, dass Hendrik einen Fehler machte, dass er in der Schule schlechter werden würde, aber Hendrik hatte das durchdacht. Er wurde nicht schlechter, er blieb guter Durchschnitt, so dass alles glattlief, mit ein bisschen Anstrengung später dann ein guter Zweierschnitt im Abitur, was kein Grund sein konnte für Beschwerden. Bei einer Zwei beschwerte man sich nicht, dann ging es gleich um Leistungsdruck und Burnout und Eltern, die ihre Kinder zu sehr zwingen.

Er nahm Armin die Gründe, sich zu echauffieren, Er war lakonisch, überheblich, er war zynisch. Aber nie auf die Art, mit der er sich früher gleich geprügelt hätte, niemals mit der Wut im Bauch, er konzentrierte sich immer auf die ruhige Arroganz, er ließ sich nicht provozieren, er war höchstens amüsiert, wenn Armin rot anlief im Gesicht und ihn auf sein Zimmer schickte, als letztes Mittel.

Hildis versuchte weiterhin, mit ihm zu reden, ihn aus echtem Interesse und auf einer erwachsenen Ebene in Gespräche zu verwickeln, sie setzte da an, wo er sich selbst verortete. Sie fragte nicht, welche Noten er bekommen hatte oder bei wem diese Party am Wochenende sein sollte und warum die Eltern das erlaubten. Sie fragte: Wie lief die Chemieklausur, welche amerikanischen Short Storys kannst du empfehlen? Sie ließ ihn gehen, wenn er noch mal raus wollte, spätabends oder nachts, und sie sagte dann nie, dass sie sich Sorgen machte.

Und sie merkte nicht, dass er genau das wollte, dass diese Distanziertheit sein Ziel war, das Aufbrechen einer Mutter-Kind-Beziehung, er wollte ein nüchternes Erwachsenenverhältnis erschaffen, mit Buchempfehlungen und Höflichkeit. Sie dachte, so bliebe sie ihm nah, obwohl sie sich einbildete zu wissen, dass er sie für die neue Wohnung und für Armin hasste, sie dachte, so bekäme sie sein Vertrauen zurück. Sie merkte nicht, dass er sich entfernte. Dass irgendwann die zynischen Anfeindungen gegenüber Armin weniger wurden, deutete sie als Reife, als ein Arrangieren, und sie war stolz.

Sie dachte, das sei ein guter Prozess gewesen, von einem energiegeladenen, aufbrausenden Kind über den aufmüpfigen und rebellierenden Teenager hin zu dieser angenehm ruhigen Freundlichkeit.

Und zumindest damit hatte sie recht, dass es ein Prozess gewesen war. Aber sie merkte nicht und hätte ohnehin nicht einsehen wollen, dass es nie darum gegangen war, einen Frieden zu finden, sich zu arrangieren, sich zu bemühen. Dass Streit und Sticheleien nicht ausblieben, um ein Familienleben zu ermöglichen, um zu akzeptieren, aus Liebe womöglich. Dass es letzten Endes bloß um die Verlagerung der Ebene ging, denn das war kein Familienleben, das war keine Akzeptanz, kein Ausbleiben der Auseinandersetzungen.

Das mit dem Inneren und dem Äußeren, das verstand sie nicht und erst recht nicht, worauf sich Hendrik da nun konzentriert hatte und was das bedeutete.

Sie bemerkte es nicht, Armin bemerkte es nicht, sie bemerkten es nicht einmal, als Hendrik an seinem achtzehnten Geburtstag sehr früh aufstand, um seine Sachen einzupacken, Kleidung und Bücher und CDs, als er noch vor dem Mittagessen ausgezogen war und bloß Ratlosigkeit hinterließ.

Was früher vielleicht die Sturheit gewesen war, das war zu einer Entschlossenheit geworden, die sich nicht durchbrechen ließ, und wo es früher um so etwas wie Liebe und Familie gegangen war, da ging es später nicht um Akzeptanz und auch nicht um einen tiefsitzenden Hass, sondern um Gleichgültigkeit. Das war der Prozess gewesen, das war passiert. Er hatte sich nicht distanziert, um zwischen Liebe, Hass, Zufriedenheit und Wut unterscheiden zu können, sondern um sich von all diesen großen Worten loszulösen.

28

Unser Haus im Winter. Die diesige Luft, der ferne Lärm des Autobahnrings. Mein Vater, wie er morgens Schnee schippte in der Auffahrt, das Licht des Bewegungsmelders, das immer gleiche Geräusch, wenn die Schaufel auf den Asphalt traf, in regelmäßigen Abständen, während ich gerade wach wurde in einem dunklen Raum voller Heizungsluft, um mich für die Schule fertig zu machen.

Grauweißer Schneematsch, schneenasse Schuhe und Jeans, die im Hausflur trockneten.

Mein fünfzehnter Geburtstag, Einkaufsbummel mit meinen Eltern, später Essen bei Luigi, Lasagne und Meeresfrüchtepizza.

Jaros neuer Roller, für den er Monate lang gearbeitet und gespart hatte, bloß um ihn etwa ein halbes Jahr später wieder zu verkaufen.

Gartenfest bei unserer Tante Bea, ein großer Schwenkgrill, Lampions, Jaro und ich genervt von unseren jüngeren Cousinen.

Hanna und ich, Eis essend während der Exkursion in Weimar.

All die Urlaube, die Sommer in Frankreich, Portugal, Kroatien, immer das Meer in Reichweite, das Campinggeschirr, die Nächte auf schrägem Boden in knisternden Schlafsäcken. Und dann immer der letzte Satz, schon halb im Auto oder zum Flughafen unterwegs: Atmet noch mal tief ein, das letzte Mal die salzige Luft, bevor wir wieder die Abgase atmen, atmet noch einmal das Meer.

Obstsalat zum Mittagessen. In die Ecke geworfene Rucksäcke voller Schulbücher.

Hanna und ich, sechs Tage Studienreise in Polen mit dem Geschichtskurs. Verhauener Französischaufsatz, Mathearbeit mit Fieber und Grippe.

Dann die große Reise, zwei Wochen in Amerika im Sommer vor Jaros Abitur. All die Postkartenmotive, die Familienfotos, wir in New York, wir auf dem Broadway, Jaro, ich und unglaubliche Mengen an Pancakes, wir auf der Fähre, unsere Eltern mit Sonnenbrillen, Jaro mit einer Basecap auf dem Kopf. Die Stunden im Central Park; wie wir Orte suchten, an denen Filme spielten, wie uns dann später alles ganz unwirklich vorkam, als wir matschige Pommes aßen im Flugzeug zurück.

Sebastian, mit dem ich nach dieser Reise zusammenkam. Ich war siebzehn, er auf den Tag genau fünfzehn Monate älter als ich, er besuchte ein paar Kurse gemeinsam mit Jaro, ich kannte ihn schon länger, auf irgendeiner Geburtstagsfeier knutschten wir schließlich und waren danach, ganz logisch, ein Paar.

Wir sahen uns in den Mittagspausen in der Schule, wir trafen uns bei ihm zu Hause, wenn seine Eltern über das Wochenende verreist waren, das waren sie oft. Ich weiß noch, ich dachte: Wie einfach das ist. Wir blieben länger als das ganze Schuljahr zusammen, und ich dachte probehalber schon an ein Später, wie selbstverständlich, und als wir uns trennten, machte es mir nichts weiter aus.

Vielleicht ist genau das ein Problem gewesen, dass es viel zu simpel war, viel zu klar. Diese Einfachheit, diese unkomplizierte Art der Kommunikation, es gab keine Geheimnisse oder Enttäuschungen.

Ich wusste: Sebastians Leistungsfächer waren Mathe und Sozialkunde, ich wusste: Sebastian wollte mal Politikwissenschaft studieren oder Jura, wenn das bloß nicht so anstrengend wäre, außerdem spielte er Bass in einer Band, die selten Auftritte hatte, sie coverten Indiehits, immer ein bisschen zu wenig Tempo. Er hatte eine kleine Schwester, drei Jahre jünger als ich, mit der er nicht sonderlich viel zu tun hatte. Hin und wieder spielte er Fußball, und jeden Winter fuhr er mit seiner Familie für zwei Wochen in den Skiurlaub. Seine Eltern waren beide in Ostberlin geboren und kannten sich seit der achten Klasse. Die Mutter Architektin, der Vater: Bankkaufmann. Sebastian war reflektiert und schlau, er wusste, was er wollte, und er sprach die Dinge sofort an, wenn sie ihn störten. Es gab keine tiefsitzenden Wunden, nichts Unausgesprochenes; wir waren gerade volljährig und so gut wie fertig mit der Schule, auf uns wartete die Welt.

Darauf bauten wir unsere Beziehung, auf dieses Gefühl, auf klare Ansagen und auf vorher abgeklärte Gemeinsamkeiten und zueinander passende Geschmäcker. Wir besuchten Konzerte, gingen ins Kino, liehen uns Filme in der Videothek, wir probierten verschiedene Rezepte für Pizzateig aus, wir hingen im Frühsommer mit all den anderen im Park herum und spielten Frisbee, wir küssten uns flüchtig in den großen Pausen, wir schliefen miteinander in einem unserer

Jugendzimmer, wir feierten meinen achtzehnten Geburtstag, seinen neunzehnten, sein Abitur.

Das war bereichernd, mit Sicherheit, und ich war in jedem Fall in ihn verliebt. Ich konnte nicht schlafen vor Aufregung, wenn meine Kissen noch nach ihm rochen, ich fieberte jedem Treffen entgegen, sobald ein paar Tage dazwischen lagen. Aber womöglich kratzte das alles nur an einer Oberfläche, da ging es nicht weiter als bis zur Aufgeregtheit im Bauch, es war zwar von Anfang an keine bloße Kleinigkeit gewesen, aber es wurde auch nie so groß, dass man hätte Angst bekommen können; Angst vor einem Verlust oder vor Geheimnissen oder davor, dass es irgendwann womöglich sehr weh tun könnte, auf die eine oder andere Art.

Wir hatten uns verstanden, ergänzt und gutgetan, und sicher war ich traurig, als es vorbei war, aber es war weitaus mehr Akzeptanz als Verzweiflung, ein Abschließen mit einer angenehmen Geschichte, die nicht für mehr ausgereicht hätte.

29

Mir lag dieses Brennen auf der Zunge, dieses unangenehme Kribbeln, wenn man eigentlich ganz genau weiß, was man sagen möchte. Ich hatte alles vorformuliert, die Worte lagen bereit, ich musste sie bloß aussprechen, aber mein Magen krampfte sich zusammen, immer wieder aufs Neue. Ich fing an zu schwitzen, nervös röteten sich meine Wangen. Nebenher machte ich Bewegungen, von denen ich annahm, dass sie ganz entspannt und natürlich waren. Ich rückte die Löffel gerade neben den Tellern, ich füllte eine Karaffe mit Wasser, währenddessen hörte ich die Sekunden. Jeden Augenblick konnte jemand klingeln und dann hier sein für die nächsten Stunden, ich wusste: Dann hieße es lässig sein, entspannt Gespräche führen, einen Geburtstag feiern.

Ich musste es jetzt fragen. Ich musste. Ich öffnete den Mund, um dann doch bloß auszuatmen. Ich stellte mir vor, wie die Worte hier herumfliegen würden, ausgesprochen, zwischen gedecktem Tisch, Kühlschrank, Dampf über dem Herd, zwischen uns. Was er damit anfangen würde, was sie auslösen würden. Dann riss ich mich zusammen, das war doch lächerlich, es war eine ganz gewöhnliche Frage, solche Fragen fragte man, jeden Tag, ich hatte jedes Recht, diese Fragen zu stellen.

Hast du eigentlich was von Klara gehört?

Ich sprach es noch nicht aus. Ich übte bloß, ich wiederholte in meinem Kopf noch einmal die Wortfolge. Es war doch berechtigt, sie hatte eine Karte geschrieben, sie kannte offensichtlich die Adresse, er hatte Geburtstag, warum sollte sie sich nicht melden, warum hätte ich nicht nachfragen sollen, warum sollte ich darüber nicht Bescheid wissen. Warum war es so wichtig.

Hendrik rührte im Suppentopf, es blubberte schon. Es war angerichtet, alles bereit, es hätte nun losgehen können, jeden Moment mussten die Gäste kommen. Ich wäre geplatzt, hätte ich jetzt nicht gefragt, also fragte ich, endlich.

Hast du was von Klara gehört?

Das *eigentlich* weglassen, bemerkte ich. Den Satz

herausgeschleudert, als hätte mir das Aussprechen Schmerzen bereitet. Ich hätte nicht sicher sagen können, ob er das überhaupt verstanden hatte, bei der Geschwindigkeit, bei der nervösen Betonung.

Ihren Namen zu sagen war seltsam. Er gehörte nicht zu mir, dieser Name, er gehörte zu ihm und zu ihr, ich hatte nichts damit zu tun, es fühlte sich wie ein Diebstahl an, wie Hausfriedensbruch.

Hendrik rührte weiter, er drehte die Gasflamme runter, unbeeindruckt. Für ihn hatte sich nichts verändert durch die Frage, so sah es aus. Es hatte ihm keinen Stich versetzt und es hatte ihn auch nicht erinnert. Ich fühlte, wie mein Herz ungewöhnlich schnell und kräftig schlug, wie nach einem Sprint, nach einer großen, körperlichen Anstrengung. Er bewegte den Kopf, zögernd, er nickte und schüttelte ihn, er sagte: Ja, 'ne SMS.

Mehr nicht. Dann schaute er mich an, direkt, mit offenen Augen, nicht verglast, sekundenlang behielten sich unsere Blicke, und dann klingelte es an der Tür.

Ich redete mir ein, das sei die beste Antwort gewesen, die er mir hätte geben können. Er hätte lügen können. Unauffällig und ohne, dass es sich wie eine richtige Lüge angefühlt hätte. Er hätte sagen können, er wisse es nicht. Oder: Das geht dich nichts an. Jede Möglichkeit hatte er gehabt, er hatte seine Antwort ganz allein gestaltet. Und er hatte es einfach zugegeben, wobei es doch nichts war, nichts, was zuzugeben oder zu verschweigen gewesen wäre, das hatte er mir bewiesen. Frage und Antwort, ein unaufgeregtes Gespräch, ein ehrlicher Blick. Mach dir keine Gedanken, sollte der bedeuten. Man gratuliert Menschen, wenn sie Geburtstag haben; Menschen, die man kennt, denen gratuliert man, so gehört sich das.

Die Suppe legte sich wie Zement in meinen Magen. Hanna, Jaro, Max, Isa, Mareike, Torge, Samir, Samirs Freund Leon, Hendriks Kollegen Piet und Iris, Iris' Freund Tom. Sie alle saßen hier, wir saßen hier zu dreizehnt, auf den Klappstühlen vom Balkon, auf dem Hocker aus dem Bad, auf übereinandergestapelten Bierkisten.

Piet erzählte von seiner Masterarbeit. Er sagte, er müsse jetzt mal weitersehen, vielleicht könne er sich an einem Onlinemagazin beteiligen, das über neue Bands und Musiker und Konzerte berichtete, dann hätte es sich erst einmal ausgekellnert. Iris erzählte von einem Projekt, ein Café, das Freunde von ihr eröffnen wollten. Das achttausendste Café, sagte sie, lachte sie, vielleicht würde sie dort anfangen. Tom sagte, er fände das klasse.

Lachen, Durcheinanderreden. Am anderen Ende erzählte Leon von seiner Arbeit als Tischler, Jaro stellte ein paar Fragen, er wollte sich ein Bett bauen, Isa sprach mit Hanna über den Putzplan in ihrer Wohnung, Torge und Tom fanden heraus, dass sie einmal gemeinsam Praktikanten bei einer NGO gewesen waren, irgendwas mit Umwelt, es gab ein Grölen, ein Lachen, Iris und Hendrik riefen sich darüber hinweg Informationen zu Schichtplänen zu.

Über meinen Augen lag ein Schleier, als wäre ich plötzlich kurzsichtig geworden, ich erkannte die Dinge nicht mehr richtig. Der Krach, der Lärm, das Lachen, die vielen Stimmen, die vielen Themen, all das ging mir zu schnell, prallte mir unangenehm gegen den Kopf, es machte mich ganz nervös. Ich konnte keine einzelnen Gespräche herausfiltern, alles verschwamm zu einer bedrohlichen Masse; ich kam nicht hinterher. Die Suppenschalen wurden schon ineinander gestapelt, während meine noch halb voll war; die Blätterteigtaschen wurden zwischen zwei Worten zerkaut, der Brotkorb war so gut wie leer, die nächsten Flaschen Sekt wurden geöffnet. Es knallte, es folgte ein begeistertes Aufschreien, ein Johlen, es wurden Zigaretten angezündet, ich schaute vom Kopfende des Tisches aus bis zur Butter, bloß zwanzig Zentimeter von meinem Tellerrand entfernt.

Ich fiel gar nicht auf in diesem Meer, in diesem Gewirr aus Stimmen und Geschichten, ich schob meinen Teller von mir weg. Mir war unerklärlich übel, jemand stellte ein Glas Sekt vor mir ab, jemand sagte: Auf Hendrik, jemand rief: Wo ist der Schnaps? Jemand machte einen Witz.

Ich stand auf und ging ins Bad, auch das fiel nicht weiter auf, das war ganz normal, dass man zwischendurch aufstand und wegging. Ich lehnte mich gegen die Tür, hörte dumpf das Grölen, den Lärm, den zwölf Menschen verursachen konnten. Mir stand kalter Schweiß auf der Stirn. Ich trank Leitungswasser aus der hohlen Hand.

Mein Gesicht im Spiegel sah unauffällig aus, nicht bleich, nicht erschrocken, nicht übermäßig gerötet, es hatte die übliche Farbe, keine Anzeichen für irgendetwas. Der Lippenstift war ein bisschen verschmiert, verwischtes Orange um den Mund herum, wegen der Suppe vermutlich, aus einem hohen Zopf hatten sich ein paar Strähnen gelöst, rotblond fielen sie auf die Schultern. Ich befühlte meine Wangen, meine Stirn, meinen Hals. Alles hatte eine normale Temperatur, es gab keinen Grund zur Beunruhigung.

Ich öffnete die Tür wieder, so leise wie möglich, obwohl das überflüssig war, niemand aus der Küche hätte irgendetwas hören, irgendetwas wahrnehmen können, was außerhalb der Gespräche passierte. Ich schlich durch den Flur und ins Schlafzimmer, hier war es ruhiger als im Bad, hier war es angenehm kühl, das Fenster war gekippt. Ich setzte mich aufs Bett, hier war es weich, hier war es ruhig, hier war alles in Ordnung, hier lag Hendriks Telefon.

Wie von selbst griff meine rechte Hand danach, die Finger feucht überzogen. Ein Zittern im Magen. Ich schau nur auf die Uhr, dachte ich und schaltete das Display ein. Ich schaue nach, ob jemand angerufen hat, redete ich mir ein, als ich die Sperre löste. Ich sehe nach, wer geschrieben hat, dachte ich, ich öffnete die Nachrichten, ich scrollte durch Namen, die ich vielleicht kannte oder auch nicht, ich sah eine Nummer, zu der kein Name angezeigt wurde, sie begann mit +43. Ich musste nicht groß nachdenken, um zu wissen, dass es die Ländervorwahl für Österreich war. Was ist denn mit Österreich, dachte ich, fragte ich mich naiv. Das ist ja interessant, zwang ich mich zu denken, ich öffnete die Nachricht. Bevor ich las, scrollte ich hoch, ich scrollte, verschwommen sah ich Text, Buchstaben, jeweils ein paar Zeilen, mal auf der linken, mal auf der rechten Seite des Displays, eine Konversation, ich scrollte hoch und hoch und hoch, manchmal dauerte es einen Moment, bis eine neue Welle Buchstaben geladen war, ich schaute mir ein Datum an, beliebig, November im letzten Jahr.

Durch mein linkes Ohr zog ein ekelhaftes Pfeifen, ich drückte mit dem Finger von außen dagegen, ich spürte, wie ich schwitzte. Ich scrollte zurück, nach unten, vielleicht war es mir bloß vorhin so viel vorgekommen, wahrscheinlich sogar, und tatsächlich, es waren weniger Textfelder, es waren wenige Nachrichten, es war eigentlich nichts.

Ich las immer noch nicht und fühlte mich trotzdem, als würde ich eine Straftat begehen, das tat ich doch auch, streng genommen, oder nicht, das war doch eine Straftat, das war doch verboten, es gibt doch den Datenschutz, es gibt das Postgeheimnis.

Ich schau mir bloß die Daten an, redete ich mir ein, und: Es gibt keinen Grund, weshalb ich das mache, ich mache es einfach, es ergibt sich. Da war eine Nachricht, etwa drei Wochen alt, links im Display. Da war eine Nachricht von heute, 9:44 Uhr. Ich drückte alles weg, schaltete das Display aus, das Telefon war feucht vom Schweiß meiner Hand, ich wischte es am Stoff meiner Hose ab, ich legte es zurück, ein bisschen schief neben das Kissen, so hatte es dagelegen, vorhin.

Es liegt da, es ist zugänglich für jeden, sagte ich mir, jeder könnte es nehmen und benutzen, damit telefonieren, etwas nachschauen. Es kann nicht verboten sein, wenn es da so liegt, und ich habe nichts getan. Ich habe nichts gelesen, bloß Zahlen, die wenig bedeuten. Redete ich mir ein, redete ich mir ein, redete ich mir ein.

Ich stand auf, lief zurück in die Küche, mein Kreislauf taumelte auf halber Strecke. Meine Hand fiel gegen die Wand, ich stützte mich, sammelte mich einen Moment; dann ging es weiter. Ich konnte wieder normal sehen, ich erkannte die Dinge, es ging mir besser. Als ich in der Tür stand, winkte Hanna mir zu, das Sektglas in der Hand.

Na, musstest du schon kotzen?, rief sie, sie lachte, ich lachte, die anderen lachten, Hendrik öffnete eine nächste Flasche. Seine Wangen waren rot, er lachte winzige Tränen, er schaute mich an, gelöst, fröhlich. Ich stürzte mein Glas Sekt herunter, kaum mehr Kohlensäure, es schmeckte abgestanden und warm, löste aber die zementierte Suppe in meinem Magen auf. Ich nahm mir eine Zigarette aus Samirs Schachtel, lächelte ihn an, Hendrik goss die Gläser voll, ich gab eine Antwort auf irgendeine Frage, rauchte, suchte einen Aschenbecher, ich lachte über irgendeinen Scherz, wir stießen an, wir grölten, wir waren laut, wir waren ausgelassen; wir feierten einen Geburtstag.

Später waren wir betrunken, wir löffelten Suppenreste aus dem Topf und backten im Ofen Baguette auf. Tom und Iris waren gegangen; Isa, Mareike, Max, Samir und Leon stolperten kurz darauf aus dem Raum, aus der Wohnung. Wir blieben übrig; Hanna, Jaro, Torge, Piet, Hendrik und ich; in einer dünnen Plastiktüte trugen wir neue Getränke vom Kiosk in die Küche, wir tranken halbe Liter Bier, die uns die Mägen stopften, wir spülten nach mit einem widerlichen Kräuterschnaps. Jaro rauchte einen Joint, in seinem Arm hing Hanna halb dösend. Können wir auf dem Sofa schlafen, fragte sie mit leiernder Stimme.

Wir verließen das Haus mit halbvollen Bierflaschen in den Händen, in zu dünnen Jacken stolperten wir in eine kühle Nacht. Wir liefen ganze U-Bahn-Stationen, Torge versuchte minutenlang, sich eine Zigarette zu drehen, bevor er aufgab und in einem Laden ein Päckchen Filterzigaretten kaufte, er hielt uns in großer Geste die Schachtel hin, bot uns sein Feuerzeug an. Der Rauch schmeckte schon ekelhaft und hängte sich in den Mund, das ist die Zigarette, von der uns schlecht werden würde, dachte ich, von der wir Kopfschmerzen davontragen würden.

Wie zufällig, wie durch bloßes Glück kamen wir irgendwo an, wo wir uns in einer kleinen Schlange anstellen konnten, in der man schon Musik wummern hörte, von drinnen. Torge zog in letzter Minute zurück, kurz bevor wir anderen einen Stempel auf den Handrücken gedrückt bekamen, er gab uns wie zur Entschuldigung die Zigarettenschachtel. Ich muss schlafen, sagte er, er torkelte aus der Schlange, winkte uns zu.

Piet und Hendrik standen drinnen an der Bar, ich ging zur Toilette. Als ich zurückkam, tranken sie Limonade mit Wodka. Hendrik bot mir einen Schluck an, den ich ablehnte; dann gingen wir zur Tanzfläche, mischten uns unter die Schwitzenden, ohne einen Rhythmus, ohne Takt bewegte ich meine Füße, ich stieß gegen fremde Rücken und Arme. Ich konnte nicht einschätzen, ob fünf Minuten vergangen waren oder dreißig, als ich mich durch die Menge wühlte, als ich orientierungslos vor der Bar stand, bis ich den Weg zur Toilette wiedererkannte. Ich fand eine freie Kabine und kotzte halb auf den Boden, halb in die Kloschüssel, eine faule Flüssigkeit, die sauer roch und Schaum schlug. Kalt kroch mir mehr davon die Kehle hoch, ich spürte es in der Wirbelsäule, am Gaumen, ich erbrach Rauch und Alkohol und vielleicht auch die drei, vier Löffel Suppe, die ich vor Stunden gegessen hatte. Danach spülte ich den Mund mit Wasser, tupfte mit Papierhandtüchern über die aufgesprungenen Lippen, meine Zunge war seltsam spröde und schmeckte faul, auf meinen Zähnen war ein rauer Belag, in meinem Kopf ein ziehender, pulsierender Schmerz. Vor der Tür fiel ich in Hendriks Arme, er stand da, als hätte er auf mich gewartet; wir taumelten.

Geht's dir gut, fragte er, wahrscheinlich brüllte er die Worte in mein Ohr, ich hörte sie wie aus einem anderen Raum.

Er brachte mich nach draußen, ich atmete frische, kalte Luft, klammerte mich an ihm fest.

Wir gehen nach Hause, sagte er. Wir nehmen ein Taxi.

Ich ließ es geschehen; ich war nicht mehr in der Lage, Entscheidungen zu hinterfragen oder mich eigenständig fortzubewegen. Dann saß ich auf einem kühlen Sitz und roch Leder. Im Radio lief Phil Collins, *In The Air Tonight*. Es war erst kurz vor halb drei, ich hätte schwören können, es wäre längst ein neuer Morgen, schon kurz vor Sonnenaufgang, kurz vor dem Tag. Ich hielt mir vorsichtshalber die Hand vor den Mund.

Auf der Haut meiner anderen Hand spürte ich etwas, ich brauchte einen Moment, um zu begreifen, dass es Hendriks Hand war, die auf meiner lag. Dann zerrte er mich aus dem Auto, brachte mich auf die Beine und führte mich durch den Flur, die Treppen hoch, wühlte in meiner Tasche nach dem Schlüssel. Drinnen hörte ich ein leises Atmen, erschreckte mich.

Hanna und Jaro schlafen auf dem Sofa, sagte Hendrik, er flüsterte es. Dann lag ich da. Als ich Hendriks Gewicht auf der Matratze spürte, riss ich mich zusammen, ich murmelte: Es tut mir leid.

Hendrik umarmte mich von der Seite, er strich mir über den Kopf. Ich meinte zu hören, wie er lächelte, als er sagte: Das macht doch nichts. Alles ist gut.

Dann wurde mir klar, er meinte etwas anderes als ich. Ich spürte, wie ich wegdämmerte, es hämmerte ganz regelmäßig von innen gegen meine Schädeldecke. Ich meine etwas anderes, dachte ich, ich entschuldige mich für etwas anderes, dachte ich, aber woher soll er das wissen, er kann es ja gar nicht ahnen, wie auch, wie auch, wie auch. Es pochte und hämmerte, es pochte und hämmerte, der Schmerz stieß mich in den Schlaf.

30

Jetzt werde ich paranoid. Ich wache auf und denke das.

Die Sonne wirft sich drängend durchs offene Fenster. Draußen das Autorauschen, dazu Schlüsselrasseln, weil jemand sein Fahrrad anschließt. Irgendjemand, der hier wohnt und ein Fahrrad abstellen darf, jederzeit, und ich denke trotzdem: Das könnte sie sein, das könnte Klara sein, die hier plötzlich ihr Fahrrad abstellt, vor unserem Haus und in unserer Straße, die dann die Treppen hochläuft, bis sie vor der Tür steht und gegen das Holz atmet, das stelle ich mir vor, oder zumindest: dass er sich das wünscht, dass sie das tun würde.

Klara: Das ist vielleicht vor allen Dingen ein Geruch. Womöglich sogar der, der sehr unbestimmt an Hendrik haftete, als ich ihn zum ersten Mal umarmte, unbeholfen und im Liegen, damals, als ich ihn einfach mitgenommen hatte.

Das ist der Geruch nach Waschmittel, nach dem gewürzten Tee in einer engen Wohnung, nach dunkelbraunen Haaren, die in Wellen über einen schmalen Rücken fallen, wenn sie frisch geföhnt sind.

Ich versuche mir ein Mädchen vorzustellen, dunkle Augen und Haare, helle Haut, klein und zierlich, bunte Schals und Tücher, siebzehn, achtzehn Jahre alt, ich versuche mir vorzustellen: Sie in einer Wolljacke, an der ihre Haare kleben und der Geruch; wie ihre feine Hand über seinen Kopf streicht, wie ihre Augen glänzen, mandelförmig, wie sie lächelt, ohne dass es jemandem auffallen würde, für den es nicht gedacht ist, das Lächeln.

Ich versuche, mir die Räume vorzustellen: die Kräuter vor dem Küchenfenster, die großen Töpfe auf dem Gasherd, die Postkarten und Fotos an der Wand, die zeigen, wer in diesen Raum hineingehört, die Teller mit dem Blumenmuster, und wie da ein Mädchen steht zwischen den Holzstühlen, von denen jeder einzelne anders aussieht, ein Mädchen in Strumpfhosen und einem Kleid, wie sie sich nicht aus der Ruhe bringen lässt von den Jüngeren, von Janka und Mia, die aufgeregt herumhüpfen, die ihre Energie nicht loswerden können. Die Bilder, die in ihrem Zimmer an der Wand hängen, die ihre Mutter stolz herumzeigt, die sie ohne großen Aufwand und sehr unaufgeregt malte, einfach so, als würde es sie keine Mühe kosten. Ich versuche, mir ihr Zimmer vorzustellen, das schmale Bett, die Aussicht auf einen grünen Innenhof, die Fensterbank, auf der man sitzen kann, die vollgestellten Regale, auf jedem Millimeter haftet etwas Persönliches, ein Zettel, eine alte Eintrittskarte, in den Büchern Widmungen von Freunden, von Tanten, Großeltern, von der Mutter.

Hendrik zog an seinem achtzehnten Geburtstag bei ihr ein, mit einem Rucksack, einem geliehenen Umzugskarton und der Winterjacke, obwohl es über zwanzig Grad warm war an diesem Tag. Damit wollte er es endgültig machen, er wollte sagen: Ich bleibe, ich bleibe den Sommer über und bis zum Winter und wahrscheinlich darüber hinaus.

Die Wohnung von Klaras Mutter: neue, wärmere Gerüche und engeren Raum, eine vollgestellte Küche mit fünf verschiedenen Stühlen, als wäre der letzte für Hendrik bestimmt, für ihn eingeplant gewesen. Die Mutter kochte Suppen, literweise, die sie scharf würzte und einfror, wenn etwas übrig blieb, das ganze Jahr über kochte sie Suppen und taute welche auf. Am Tag von Hendriks Einzug, einem ungewöhnlich warmen Märztag, saßen sie abends zu fünft bei geöffnetem Fenster und aßen Kürbissuppe aus dem vergangenen Winter.

Sie lächelten ihn an, vier dunkle Augenpaare, die Mutter, noch mit einer Schürze um die Hüfte, Janka, gerade fünfzehn, Mia, nicht einmal elf Jahre alt, und Klara, die unter dem Tisch ihre kleine Hand ganz leicht auf seinem Oberschenkel ablegte.

Die Mutter hatte keine Fragen gestellt, als sie die Tür geöffnet und er vor ihr gestanden hatte, in seiner Winterjacke und mit dem Karton unter den Armen. Sie bat ihn herein mit ihrer Selbstverständlichkeit, mit der Schürze um die Hüfte, mit ihrem Lächeln und den Gerüchen im Hintergrund, die Gerüche nach Tee und Suppe und Gewürzen und den Kräutern, die sie am Küchenfenster erntete, und dazwischen der Geruch nach Klaras Haaren, wenn sie gerade frisch geföhnt waren.

Sie redete nie viel, die Mutter, sie rief zum Essen und gab Bescheid, wenn sie die Wohnung verließ, sie war den ganzen Tag beschäftigt, aber selten in Eile. Sie machte eins nach dem anderen, wie man so sagt, sie hatte eine Geschwindigkeit gefunden, in der sie sich zurechtfand und immer noch Zeit hatte, genau zu beobachten, einen fragenden Blick abzugeben oder sich mit einer eleganten Bewegung die Haare zu einem Knoten zu binden.

Klaras Zimmer wurde voller. Sie bauten ein größeres Bett auf, zu ihrem Geburtstag, und eigentlich war es auch für Hendrik, es war ein gemeinsames Geschenk, damit sie nicht mehr zu zweit auf neunzig Zentimetern liegen mussten und sich im Schlaf nicht drehen konnten. Hendriks Kleidung lag neben Klaras im Schrank und nahm immer mehr den Geruch an, der auf das Schleudern in der Küche folgte, das Waschmittel, es legte sich auf seine Hosen und Pullover und blieb in den Fasern, zumindest in Überresten, so dass es bloß manchmal und beinahe selten zu erkennen war, aber nie wieder ganz verschwand, auch später noch, da war dann immer wieder der Geruch, den er an Klara gerochen hatte, als sie sich nach der Schule zum ersten Mal länger umarmten als gewöhnlich.

Klara, das ist also ein Name, das sind Städte, das ist die Kunst, ich weiß jetzt, sie malt Bilder, mit Ölfarben und Pinseln, und sie klebt Dinge darauf, Zeitungsausschnitte und Teile von Fotos. Klara Fórizs, ich weiß, wie man das zs ausspricht, ich habe aus echtem Interesse gefragt.

Und das ist es, Schemen und kein Gesicht, das ist auch besser so, denke ich, denn wenn da ein genaues Bild sein würde und eine Vorstellung, dann würde ich jede Geste und jede Bewegung abgleichen, jede Silbe, die mir über die Lippen geht, jeden Gedanken und jede Reaktion, und so etwas geht nicht gut, das brennt immer etwas zu sehr.

Ihre Eltern waren geschieden, sie trennten sich, als die jüngste Schwester vier Jahre alt war, der Vater arbeitete dann im Ruhrgebiet, in Oberhausen, er besuchte die Töchter alle paar Wochen und lud sie in den Ferien zu sich ein. Die Mutter brauchte niemanden, sie kam mit wenigen Stunden Schlaf aus und arbeitete, sie war pragmatisch und stark, sie wusste die Dinge, ohne etwas nachzuschlagen, sie kannte alle Rezepte auswendig. Sie sahen sich sehr ähnlich, die Mutter und die drei Töchter, alle waren zierlich, alle hatten das dunkelbraune Haar, die dunklen Augen.

Ich finde das gruselig, dass ich und wie ich an sie denke, an die Familiengeschichten und Charaktere, wo ich doch niemals einem Mitglied dieser Familie begegnet bin. Da hat es noch keine einzige Überschneidung gegeben, sie sind mir völlig fremd, sie wissen höchstwahrscheinlich nicht einmal von meiner Existenz. Und so etwas ist doch gruselig, oder nicht, und es kann einen ganz schön klein machen, sich ein Leben vorzustellen, wenn man gleichzeitig immer bedenken muss, dass sich das eigene Leben im Umkehrschluss wohl von niemandem vorgestellt wird. Und in meinem Fall wohl erst recht nicht von Klara.

In einem ganz langsamen Frühling bringt mich all das aus dem Gleichgewicht. Hendrik ist mir fremd. Da sind fehlende Puzzleteile und so vieles, das neu und anders bewertet werden müsste, das plötzlich völlig andere Bedeutungen trägt. Da hat vieles die Einzigartigkeit verloren, und ich denke bei jeder Bewegung, bei jedem Wort, dass das schon einmal da gewesen ist, in anderen Kontexten und Räumen, in einer anderen Zeit.

Dieses Gefühl, diese Fremdheit keimt in den ungünstigsten Momenten auf, schraubt sich die Wirbelsäule entlang wie eine ernstzunehmende Krankheit.

Wir sitzen nebeneinander im Nachtbus, auf den einzig stillen Sitzen, um uns herum ist es laut, betrunken, Samstagnacht kurz nach vier. Es riecht so, als hätte sich vor dem Einsteigen jemand die Haare versengt, beißend drückt es sich durch Nuancen von süßem Schnaps und regennassen Jacken. Hendrik ist seit Stunden müde.

Wir haben bei Jaro gesessen, es gab ein Abendessen im kleinen Kreis. Samir und sein Freund. Hanna. Jaro. Hendrik und ich. Nichts Besonderes, aber so etwas bauscht sich dann doch meistens auf, da werden die ersten Biere, die ersten drei, vier Flaschen Wein während des Essens geleert. Danach diskutierten wir uns fest, in einer angenehmen Stimmung, satt und rotwangig. Jaro drehte ganz gemächlich einen Joint, wie immer, als Hendriks Kopf das erste Mal sacht auf meiner Schulter landete: Ich bin todmüde.

Ich strich über seinen Nacken, das Ohr entlang, massierte in kleinen Bewegungen den oberen Rücken, als wollte ich ihn ruhigstellen, als wäre er ein Kind, ein Hund.

Gleich. Wir gehen gleich.

Samir reichte die nächste Runde Bier aus dem Kühlschrank, fast trotzig griff Hendrik nach einem Feuerzeug und öffnete sich eine Flasche. Er klaubte letzte Energiereserven zusammen, bis ich dachte, er wäre wieder munter. Er brachte sich ein, sagte lange Sätze, zog am Joint, er machte einen Scherz. Wir blieben noch drei Stunden sitzen.

Als wir die Treppen hinuntereilten, schnell noch, um den Bus zu erwischen, war er genauso: wach, fast euphorisch in seiner durch den Flur gerufenen Verabschiedung. Nun hat sich binnen Sekunden sein Gesicht verglast, der Kopf hängt schief, er drückt sich den Zeigefinger in die Schläfe. Er fängt Sätze an, indem er meinen Namen sagt: Lene. Dann Kopfschütteln. Pause. Er erklärt sich nicht, er ist weit weg von mir, wir sitzen schweigend, und eine Nacht zieht an den Fenstern vorbei.

Mir ist schwindelig, eindeutig stimmt etwas nicht; ich suche Fehler bei mir, während er schweigt.

Kurz bevor wir unsere Haustür erreichen, hält er mich am Jackenärmel fest, zieht mich an den Schultern zu sich ran: Tut mir leid. Ich fühl mich nicht gut.

Was ist denn los?

Mein Kreislauf spinnt. Vielleicht vom Gras, keine Ahnung.

Im Bett liegt er und wimmert so leise, dass es kaum auffällt. Er hat in großen Schlucken Wasser heruntergestürzt, bis ihm übel wurde. Mich hat inzwischen eine eigene Müdigkeit überrannt, so dass es mir ehrlich schwerfiel, nach ihm zu sehen, während er noch im Bad auf dem Fußboden saß. Jetzt halte ich im Halbschlaf seine schweißfeuchte Hand. Er wird unruhig, lässt meine Hand los, umgreift sie fester, er streicht sich über das Gesicht, die Haare. Mir ist schwindelig, sagt er.

Du musst schlafen, murmele ich. Du musst nur schlafen.

Wie aus einem Pflichtgefühl verabrede ich mich mit Sebastian. Wir treffen uns vor einem Café, vor dessen Tür ich stehe und warte. Was mache ich hier?, denke ich, schön, dich zu sehen, sage ich zu Sebastian, als wir uns flüchtig umarmen.

Er hat sich gewundert, zu Recht, und er wundert sich höchstwahrscheinlich noch immer. Da rufe ich einfach an, nach ein paar Jahren, und sage: Na? Wie geht's? Wollen wir uns nicht auf einen Kaffee treffen? Ich komme mir vor wie eine Idiotin.

Wir bemerken beide schnell, dass wir unsere bemühten Witze nicht lustig finden. Wie eine Stimmung auflockern, die gar keine ist. Sebastian wirkt ungeduldig.

Also, was ist los, Lene?

Ich zucke mit den Schultern und lächele möglichst offen und lässig, als wäre ich bloß ehrlich an seinem Wohlergehen interessiert.

Och, nichts Bestimmtes, was machst du denn inzwischen?

Bin an der Uni, sagt Sebastian ein bisschen misstrauisch. Politik. Wissenschaftlicher Mitarbeiter. Ich wohn mit Katrin zusammen.

Katrin?

Meine Freundin.

Ach, schön.

Und du?

Ich? Ach so. Ja. Ich wohne mit meinem Freund zusammen.

Unsere Getränke werden gebracht, wir stürzen uns beide darauf, als wären wir halb verdurstet, ich verschlucke mich am zu milchigen Chai-Tee und huste ein paar Mal. Sebastian schaut mir skeptisch dabei zu. Ich laufe rot an und verstecke mein Gesicht hinter den Händen.

Lene, wir waren vor ungefähr sechs Jahren zusammen, und ich versteh ehrlich gesagt nicht ganz, was das jetzt soll.

Ich starre in meinen Tee. Das ist, wie um etwas auszugleichen. Es würde mich freuen, wenn wir vielleicht bemerkten, noch immer miteinander verbunden zu sein, nach all der Zeit. Wenn da so etwas wie Leidenschaft in unseren Blicken läge, die so nur aus Abwarten und ein bisschen Unverständnis bestehen. Es kommt kein richtiges Gespräch zustande, wir hangeln uns entlang der paar Floskeln, die uns einfallen, hin und wieder streuen wir vorsichtig Anekdoten ein, die nichts bedeuten. Weißt du noch. Ja, haha. War witzig, damals.

Wir sind ein Damals geworden, eine Vergangenheit, ein abgeschlossenes Kapitel. Ich drehe mir eine Zigarette. Sebastian raucht nicht mehr. Draußen bricht mein letztes Streichholz ab, ich frage eine überschminkte Mittfünfzigerin, eine Voguezigarette zwischen langen Fingern. Sie schenkt mir ein türkisfarbenes Feuerzeug.

Was würde ich denn dann tun, was wäre denn, wenn wir hier jetzt gemerkt hätten, da ist etwas noch nicht vorbei? Das hätte alles andere entkräftet, das hätte Hendriks Bedeutung geklaut, und dann?

Sebastian umarmt mich lange, als wir uns verabschieden. So, als würden wir uns wahrscheinlich nicht wiedersehen. Ich frage mich, was ich erwartet habe – dass er uns nachhängt, dass er hin und wieder daran denkt, wie es war mit mir, wie es war mit siebzehn, achtzehn, dass er irgendwas bereut. Da ist nichts. Es macht mich wütend, und ich schäme mich dafür. Auf dem Heimweg überlege ich, Hendrik von unserem Treffen zu erzählen, trotzdem.

Er sitzt vor dem Laptop, schaut kurz auf.

Wo warst du?

Ich zucke mit den Schultern, ohne dass er es sieht, sage, dass ich zufällig einen alten Schulfreund getroffen habe.

Ah, sagt Hendrik. Cool.

31

Er musste die Anrufe ertragen, seine Mutter, die am anderen Ende der Leitung heulte, die sich unzählige Male entschuldigte, für sich und für Armin oder einfach so, egal wofür. Dann bemitleidete sie sich selbst und wollte Ratschläge haben und am liebsten sein Einwilligen und Zurückkommen.

Aber er blieb standhaft, er hörte zu und konzentrierte sich auf ein regelmäßiges Atmen, ein und aus, ein und aus, als wäre es eine Achtsamkeitsübung und irgendwann vorbei. Klara hielt seine Hand, strich ihm über das Haar, während er nickte und Töne von sich gab, um zu zeigen, dass er noch in der Leitung war, dass er noch zuhörte.

In den ersten Wochen nach seinem Auszug kamen die Anrufe beinahe täglich, wimmernd und verzweifelt. Das zog ihn zurück, immer für einen kurzen Moment, da war er dann wieder in Armins Wohnung, und vermutlich hätte er es nicht geschafft, so standhaft zu bleiben, zu sagen: Nein, ich wohne jetzt hier, wäre sie nicht da gewesen, nachdem er aufgelegt hatte. Sie lächelte voller Verständnis und Wärme, und die Gerüche, die Gerüche begleiteten ihn, die hätte er nicht mehr abstreifen können.

So wurde sie zu seiner Familie, sie und ihre Haare und ihre Bilder, ihre Schwestern und ihre Mutter, die aufgetauten Suppen, binnen weniger Monate wurde all das zur Gewohnheit, zum Alltag, er bekam seinen eigenen Schlüssel und fand sich schließlich zurecht, in einem neuen Stadtteil und in den gepflasterten Straßen, er lernte die neuen Busfahrpläne und U-Bahnhöfe auswendig.

Das erste Treffen, auf das er sich einließ, fand zu Hildis' Geburtstag statt, in einem Restaurant. Klara und er kauften Blumen in einem winzigen, vollgestopften Laden am Bahnhof, und er bestand darauf, dass sie mitkam.

Sie saßen um einen runden Tisch, elektrisches Licht in dessen Mitte und schwere, gestärkte Servietten, die Tischdecke reichte fast bis auf den Boden, wie in amerikanischen Filmen. Hildis überstrahlte ihre Augenringe, seit Hendrik und Klara sich gesetzt hatten, nebeneinander und ein bisschen auf dem Sprung, als wären sie jederzeit bereit, wieder aufzustehen und das Restaurant zu verlassen. Armin orderte Wein. Er sah Hendrik nicht an und widerstand Hildis' drängendem Blick, überhörte jedes Räuspern, während sie sich bemühte, die Angespanntheit zu überspielen.

Klara, was für ein schöner Name.

Was machen deine Eltern? Wie lange kennt ihr euch schon? Was willst du nach dem Abi machen? Was für

Kunst? Braucht man da nicht so eine Mappe mit jeder Menge Bildern? Das Gespräch spielte sich bloß zwischen Hildis und Klara ab, beide nervös; während Klara in knappen Sätzen von ein paar Kunsthochschulen berichtete, die sie interessant fand, trank Armin in großen Schlucken, und Hendrik konzentrierte sich auf die Lampe in der Tischmitte. Er hörte ihre Stimmen überdeutlich, dazwischen das Klappern von Besteck und das Aneinanderschlagen von Glas, ihm wurde fast so heiß, dass er hätte aufstehen und kurz hinausgehen müssen, er dachte angestrengt darüber nach, wie es wirken würde, ob er Klara allein lassen konnte, als Armin ihm zuraunte: Und was, wenn der Quatsch vorbei ist? Kommst du dann wieder angekrochen und willst, dass ich dich finanziere?

Er schluckte. Was für ein Quatsch.

Eure Liebelei. Als ob das jetzt deine Rettung wär. In zwei Wochen lässt sie sich von irgendeinem Arsch vögeln, und dann kannst du gucken, wo du bleibst.

Hildis versuchte, Armins Hand zu erwischen und festzuhalten. Hendrik legte reflexartig seine eigene Hand auf Klaras Oberschenkel, er berührte den harten Stoff der Tischdecke, es ist mein Geburtstag, hörte er, mein Geburtstag, und: Lass gut sein jetzt, hör auf, so zu reden.

Dein Geburtstag? Kannst du auch mal nicht nur an dich denken?

Die ersten Blicke, das erste Räuspern am Nebentisch. Und dann stand Armin hektisch auf und verließ das Restaurant, mit festen, entschlossenen Schritten, ohne sich noch einmal umzudrehen, und Hildis' Gesicht fiel in ihre Hände und blieb darin liegen, sehr ruhig, ein paar Minuten lang. Als hätte jemand auf Pause gedrückt, als wäre das Bild kurz angehalten worden, saßen Hendrik und Klara da und trauten sich nicht, sich zu bewegen, bis Hildis wieder aufschaute mit roten Flecken auf den Wangen und ohne Tränen in den Augen. Alles in Ordnung, sagte sie, alles in Ordnung. Und sie zog ihre Mundwinkel ein bisschen nach oben zu einer Art Lächeln, um dann Essen zu bestellen und so zu tun, als wäre nichts passiert, als wäre wirklich alles in Ordnung. Die Dinge totschweigen, das konnte sie.

Armin setzte sich ein paar Minuten später wieder dazu, er roch nach Zigaretten, wirkte beleidigt wie ein pubertäres Kind und bestellte sich einen neuen Wein. Irgendwann wurde das Essen serviert, und sie bewegten alle vier ihre Messer und Gabeln und Kiefer, bis Armin als Erster fertig war, er legte wortlos drei Fünfziger neben seinen Teller, stand auf und verließ das Restaurant, dieses Mal endgültig, und Hildis zog er hinter sich her, ohne dass sie mehr hätte tun können, als ihr Lächeln zu lächeln und ganz vorsichtig eine Hand zu heben.

32

Da keimt eine Panik auf, immer mal wieder, man rechnet nicht damit, erst recht nicht in einem allmählich fest installierten Frühling. Es wirkt alles so vorhersehbar um diese Zeit, so sehr im richtigen Rhythmus, denn ab jetzt wird es immer wärmer, man weiß doch, was jetzt geschehen wird: Die nächsten Wochen werden wir draußen verbringen, wir werden am Kanal sitzen und Bier trinken, mit dem Rad unterwegs sein, wir werden schwitzen, wir werden so durch diese zwei, drei Monate hindurchfallen, bis wir danach aus der Puste sein und uns allmählich auf weniger Temperatur einstellen werden.

Ich meine irgendwann, sie bereits vorher spüren, hören zu können, die kleinen Schritte, mit denen sie sich ihren Weg bahnt, ich erkenne die Vorboten und ordne sie ein: in Schubladen, in schlimm und nicht ganz so schlimm, als würde es helfen zu differenzieren, als gäbe es wirklich Unterschiede und als würde es irgendetwas bedeuten.

Ich sehe es mittlerweile seinem Blick an, selbst in kleinen Sekunden liegt dann all die Schwere, die begonnen hat, sich in ihm auszubreiten, in jeden Zentimeter seiner Haut zu drücken und das Atmen zu erschweren.

Er wird nachlässig, er wird vergesslich. Immer mehr Dinge bleiben auf dem Boden liegen, Bücher und Kleidungsstücke und Briefe und Unterlagen, Schuhe, Flaschen, Zeitungen; so viel von all dem, dass man sich schon bald Wege bahnen und Orte finden muss, an denen man noch stehen kann, mit beiden Füßen.

Unter anderen ist es fast wie immer, Hendrik verhält sich unauffällig. Er trinkt in großen Schlucken, er lacht über die Geschichten, er erzählt von witzigen Zwischenfällen bei der Arbeit, er schwärmt von einem Film, von einer Musik, er dreht sich mit einer Leichtigkeit Zigaretten und pustet den Rauch in die Mitte von Tischen und Menschengruppen. Kein Grund zur

Sorge, kein Grund, irgendwelche Fragen zu stellen. Er macht sich gut. Es fällt nicht auf, dass es ihm eigentlich viel zu viel ist, dass er nicht mehr fähig ist zu filtern; niemand bemerkt die Mühe, die es ihn kostet, das Haus zu verlassen, es sieht nicht so aus, als würde ihm diese Schwere auf den Schultern sitzen, ständig.

Er kauft sich Gras von Piet oder Jaro, dreht halbherzige Joints, obwohl ihm meist schlecht wird davon. Dann raucht er ein paar Züge auf dem Balkon, bis ihm der Kreislauf beinahe wegsackt, er setzt sich auf Stühle, aufs Bett, auf den Boden. Er sitzt und reibt seine schweißfeuchten Hände. Er sitzt und starrt.

Sein Blick mit dieser Schwere, die verglasten Augen. Ich weiß dann: Es ist bloß noch eine Frage von Stunden oder Tagen, bis er sich wie gelähmt fühlen wird, bis er im Bett liegen wird, unfähig, etwas anderes zu tun, bis es schon zu viel sein wird, wenn ich für wenige Stunden verschwinde. Ich muss da sein, so oft und so lange es nur möglich ist, um ihn festzuhalten und zu berühren, bis er mir glaubt: Es gibt ihn noch, er ist noch da, es ist bloß der Boden, der feste Grund, der abhandengekommen ist, daher die Tritte ins Leere.

Ich konnte mir all das zuerst nicht erklären, das ergab für mich keinen Sinn, ich hatte keine Ahnung, woher das kommt, wenn er sagte, da sei ein Pfeifen in seinen Ohren, eine dumpfe Hülle um ihn herum, und dann das Herzrasen, das Stolpern, die fahrige Nervosität, die zittrigen Hände, der kalte Schweiß. Ich dachte an Zusammenreißen, an Ablenkung. Komm, lass uns rausgehen.

Frische Luft.

Lass uns zu dieser Party gehen.

Wo ist das verdammte Problem?

Es ist alles wie vorher.

Es ist alles okay.

Dir geht es gut. Du hast nichts.

Ich weiß jetzt, dass es nichts bringt, mit Erklärungen zu kommen oder mit Logik und Verstand. So geht das nicht, das zählt nicht, das ist vollkommen egal, alles. Da werden zwar Worte aufgenommen, durch den Gehörgang geschoben und in Hirnwindungen verarbeitet, da werden die Inhalte dekodiert und verstanden, da werden womöglich sogar Informationen abgespeichert, für später mal. Aber trotzdem: All das richtet nichts aus, und wie sollte es auch, wie könnte das möglich sein, wenn da etwas viel stärker ist als so ein Kopf, als so ein Verstand?

Wir bleiben zu Hause. Draußen wird es wärmer, und wir sitzen drinnen. Wir liegen nebeneinander. Irgendjemand ruft an und lädt ein. Hendrik sagt ein paar Schichten ab, irgendwann geht er zum Arzt und lässt sich krankschreiben, erst eine Woche, dann zwei.

Wir liegen nebeneinander und bewegen uns nicht, wir atmen leise und bedacht vor uns hin ins Kissen, die Augen geöffnet. Ich liege auf meinem linken Arm, der schläft ein, das spüre ich. Ich konzentriere mich auf das Kribbeln. Ich vergesse kurz, dass Hendrik da ist, gleich neben mir, ich müsste mich bloß auf den Rücken drehen, dann: mein Körper direkt an seinem.

Ich denke nicht nach, als ich mich tatsächlich auf den Rücken drehe. Das Blut schießt durch meinen eingeschlafenen Arm, der andere berührt Hendriks Seite, beides brennt.

Dann schlafen wir verloren miteinander. Verloren, das heißt: Zunächst einmal suchen wir uns. Nach den minutenlangen Versuchen, uns davon zu überzeugen, schon längst eingeschlafen zu sein, da wird aus den zwei Decken eine, da schieben wir alles zwischen uns beiseite. Dann tasten wir uns vor, fingerkuppenweise, als wäre all das fremd: Haut und Haare. Dann pressen wir die Augenlider zusammen, versuchen uns zu beherrschen, Sekunde für Sekunde, das ist ja nichts Schlimmes, was dann passiert, das passiert doch ständig. Das, was als Stoff an unseren Körpern haftet, werfen wir weg, während wir kaum atmen können zwischen Küssen, die sich anfühlen, als hätten wir sie tagelang hinausgezögert. Dann ziehen Hände an Haaren, halten wir uns fest, zu fest, fast gewaltsam zerren wir aneinander, bis uns die Luft wegbleibt, um dann innezuhalten und uns anzuschauen. Hendriks Augen Zentimeter von meinen entfernt, kein leerer Blick, einer der ersten Momente seit Langem, in denen sein Blick nicht leer ist.

Darauf ein Lösen und Wegdrehen; das ist, wenn wir uns dann wieder verlieren.

Und dann, wie aus dem Nichts, ist er wieder da. Findet er eine brüchige Stimme wieder und ein bisschen Kraft in den Armen. Umarmt mich und küsst mich und atmet ganz erleichtert aus, er kippt die Fenster, er schaltet das Licht ein und dreht Musik auf, er summt und redet und schnippelt Gemüse und sagt, er kocht uns ein Abendessen. Für dich, Lene. Für uns.

Und ich bleibe ein bisschen verunsichert im Türrahmen stehen, ich kann ihm nicht ganz trauen mit seinen wachen Augen und den schnellen Bewegungen, ich gucke und hinterfrage und weiß doch auch nicht. Es riecht schnell nach Gewürzen und Kräutern und Zwiebeln in Öl.

Zwischen zwei Bewegungen grinst er, schaut er mich an, bemerkt meinen Blick und die Skepsis und legt mir die Hände auf die Schultern, dazwischen das Küchenhandtuch: Schau nicht so. Alles ist gut.

Und dann falle ich ihm in die Arme und bin vielleicht auch erleichtert oder irgendetwas anderes, das sich womöglich ähnlich anfühlt, und ich spüre seinen Atem an meinem Ohr und warte, bis er sagt, was er schon ein paar Mal gesagt hat, in einer solchen Situation:

Ohne dich wäre das nicht gutgegangen.

33

Klara wird unruhig, wenn ihre Pläne nicht aufgehen. Sie ist perfektionistisch, sie befindet sich permanent im Vergleich mit sich selbst, mit anderen, mit allem, was womöglich besser sein könnte als sie. Sie hat genaue Vorstellungen im Kopf und gibt sich die Schuld, wenn ihnen später nichts entspricht oder für ihren Geschmack zu wenig. Sie trägt einen Hass in sich und eine Angst, sie hasst sich selbst und hat Angst vor sich selbst, doch sie hat all das gut unter Kontrolle. Was sie beschäftigt, malt sie, ihre Bilder sind oft so düster, dass man sie nicht mit ihr in Verbindung bringen möchte. Denn nach außen ist sie weiterhin: ein Mädchen, schön, zierlich und elegant, ganz eigen gekleidet, mit einem Lächeln, mit einer Leichtigkeit. Man sieht sie zufällig, man riecht den Waschmittelduft an ihrer Kleidung und muss sich denken, dass sie wohl meistens lächelnd dasitzt, im Schneidersitz ein Buch liest und Eistee trinkt dazu. Dass sie spazieren geht und nach oben schaut. Ja. So muss sie sein, sie ruht in sich, sie ist guter Dinge, sie strahlt so viel Wärme aus.

Dabei ist sie ebenso verletzlich wie Hendrik, bloß noch nicht so sehr verletzt.

Selbstverständlich packen sie gemeinsam ihre Umzugskisten, selbstverständlich kaufen sie gemeinsam Möbel, in günstigen Geschäften, beim Trödel. Sie lachen zornig, wenn die Anleitungen unverständlich sind, sie gewöhnen sich an eine neue Gegend, neue Bahnhaltestellen, an ein graueres Drumherum, sie liegen jede Nacht nebeneinander.

Die Zeit nach der Schule ist ruhig und angenehm. Viel mehr, als dass etwas aufgehört hat, fängt etwas Neues an, beginnen sie gemeinsam ein Leben. Sie verbringen ein paar Wochen in Spanien, sie wandern und campen an der Küste, sie jobben in einer Bar in einer größeren Stadt.

Danach ziehen sie in eine winzige Wohnung in Veddel. Graue Fassaden und überfüllte Mülleimer an den Laternenpfosten. Der Weg zur U-Bahn führt durch triste Wohnblöcke, wenig Licht in den Fenstern, vereinzelt rauchende Männer in Jogginghosen vor den Türen, die ihre Hunde zwischen den Gebäuden auslaufen lassen. In die alte Stadt ist es weit. Zum Kiez kommt man nicht mehr zu Fuß, vielleicht nicht einmal mehr mit dem Rad. Sie sind abgekapselt von den anderen, von denen, die auch dablieben, die sich kleine Zimmer in belebteren Straßen gesucht haben.

Hendrik beginnt sein Studium, und Klara arbeitet an ihren Mappen. Sie jobbt ein halbes Jahr im Museum, sie leitet Malkurse für Kinder, und wann immer sie Zeit findet, malt sie selbst. Sie schafft vier Mappen. Das ist außergewöhnlich viel, das ist mehr als durchschnittlich, und damit bewirbt sie sich an den vier Kunsthochschulen, die sie sich vorstellen kann. Und wird nicht genommen.

Während Hendrik eine erste Prüfungsphase übersteht, macht Klara weiter. Erst einmal. Sie besucht nun doch einen Mappenkurs, sie tauscht sich mit anderen aus. Sie vergleicht sich mit anderen, schielt in fremde Mappen und Skizzenbücher, sie lässt sich sagen, dass sie gut sei, sehr gut, aber es wäre eben immer so anstrengend, es wäre immer auch ein Verlieren. Zwischendurch lenkt sie sich ab, sie verkauft witzige Geschenke und unnütze, schöne Gegenstände in einem kleinen, bunten Laden in Altona, spart ein bisschen Geld.

Das funktioniert eine Weile, vier Monate, fünf Monate lang, sie schleppen sich durch einen nasskalten Herbst, einen klirrenden Winter. Dann wird Klara wieder abgelehnt.

Sie geht kaum mehr arbeiten. Sie kündigt, und sie malt nicht mehr.

Hendrik findet sie in der Wohnung, im Bett, am Küchentisch, wenn er abends nach Hause kommt. Während er für Prüfungen lernt, streicht er über ihren Kopf, der schwer auf seinem Schoß liegt. Er kauft ein, er putzt, er kümmert sich. Er kocht Abendessen. Er hält sie fest.

In der Nacht vor Hendriks letzter Prüfung wacht sie auf, schweißgebadet, sie hat Angst. Ihr Kopf fühlt sich an, als würde er platzen. Sie weckt Hendrik, sie spricht alles aus, sie sagt: Vielleicht eine Hirnblutung. Vielleicht was mit dem Herz. Er schafft es nicht, sie zu beruhigen, also fahren sie in die Notaufnahme, mit einem Taxi, auf das sie zitternd im Hauseingang warten. Sie sitzen im Wartebereich, dann misst man ihr den Blutdruck, leuchtet ihr in die Augen, hört ihr Herz ab, viel mehr kann man nicht tun, es gibt auch keinen Grund dazu, es ist alles in Ordnung. Sie beruhigt sich. Sie fahren mit dem Bus nach Hause, morgens um sieben.

34

Mein Rücken unter dem Rucksack ist schweißnass, als ich die Treppen hochlaufe, dann wundere ich mich, dass die Wohnungstür abgeschlossen ist. Ich drehe den Schlüssel noch einmal nach links. Das Fenster in Hendriks Zimmer steht offen, aber das Bett ist verlassen und ebenso die restliche Wohnung. Unter der Garderobe im Flur fehlt ein Paar Schuhe, eine Lücke zwischen zwei anderen seiner Paare.

Ich überlege, ich versuche mich zu erinnern, ob ich vielleicht irgendetwas vergessen habe, ein Detail, einen Termin, hat er was gesagt, heute Morgen noch, war ich vielleicht auch noch nicht ganz wach, noch nicht ganz aufnahmefähig?

Ich koche Mittagessen. Für zwei Personen, Nudeln mit Gemüsesoße. Ich schneide Zwiebeln und Paprika und Zucchini. Tomaten. Knoblauch. Keiner meiner Gedanken ergibt Sinn, keiner führt zu einem Ergebnis, ich komme nicht drauf oder: Ich habe schlicht nichts vergessen, es gibt keinen Termin, keine Verabredung, von der ich weiß.

Jede Sekunde könnte er in der Tür stehen, damit rechne ich, er könnte sagen, er sei hungrig, er könnte sagen, vergiss nicht das Salz, ist da schon Salz im Nudelwasser. Mir brennen die Zwiebeln im heißen Öl ein bisschen an; ich werde nachlässig, zerstreut, ich halte kurz inne und muss überlegen, welches Gemüse zuerst in die Pfanne gehört, was ist die richtige Reihenfolge, was gilt es zu beachten?

Die Nudeln sind fertig, schließlich, ich gieße sie ab, und der Wasserdampf schlägt mir ins Gesicht. Dann schalte ich die Herdplatten aus und greife nach meinem Telefon, ich suche seine Nummer und wäge erst ab, ich denke hin und her und rufe dann doch nicht an. Es erscheint mir nicht richtig. Oder, denke ich, ist das vielleicht Angst, habe ich womöglich Angst davor, dass er nicht rangehen könnte, dass ich ihn bedrängen und enttäuscht werden könnte, dass es mich nicht weiterbringt. Ist das schon eine Angst, dieser Entschluss? So ein Unsinn, denke ich, ein Entschluss kann keine Angst sein, aber ich weiß doch irgendwie, ich könnte das nicht ertragen, jetzt bloß ein Freizeichen zu hören und dann eine Mailboxstimme, bleiern, die

Silben falsch betont, und ich weiß, dass es daran liegt, dass ich nicht anrufe. Ich könnte es nicht ertragen.

Ich reiße mich zusammen oder etwas in der Art, ich schütte die abgegossenen Nudeln zurück in den Topf, lege einen Deckel darauf, der sofort beschlägt. Ich esse nichts, lasse alles so stehen, als hätte ich nur etwas vorbereitet für ein Später, dann trinke ich ein Glas Wasser. Ich sitze und trinke, spüre die Flüssigkeit kalt und überdeutlich in meiner Kehle, ich denke: Wem mache ich denn hier etwas vor, mir selbst vielleicht, es ist jetzt Schluss mit der Normalität, das hat nichts mit Normalität zu tun, dass er einfach nicht da ist, diesmal zumindest nicht.

Ich bin überfordert mit einer Abwesenheit, die doch nichts Überforderndes an sich haben sollte. Die Wohnung ist still, von draußen wehen Geräusche, weht ein warmer Tag hinein durch das offene Fenster. Es erscheint mir unpassend, Musik anzumachen, etwas zu verändern an dieser Situation, deswegen erschrecke ich mich, ich zucke zusammen, als mein Telefon vibriert, zweimal kurz, es liegt auf der Arbeitsplatte neben dem Schneidebrett, Tomatenkerne und Flüssigkeit darauf, ein Rest Zucchini.

Ich musste nach Hamburg. Bis morgen.

Ich weiß nicht, ob es eine Bestätigung ist von irgendetwas, das ich ohnehin schon dachte, unbewusst wahrscheinlich, oder ob ich es erst jetzt in Betracht ziehe. Hamburg. Seine Mutter, sage ich laut, obwohl ich weiß, dass es Unsinn ist, ich vermute, dass nicht sie der Grund ist, nicht Hildis.

Die knappen Worte machen das Rätsel größer, sie

entkräften es nicht, sie erklären nichts. Ich denke pragmatisch, mit dem ICE dauert es knappe zwei Stunden, von hier nach dort, von dort nach hier, er könnte binnen kürzester Zeit wieder hier sein. Ich könnte dort sein, noch am Nachmittag.

Ein paar Minuten, vielleicht eine Viertelstunde wehre ich mich. Ich denke bewusst, nein, es gibt keinen Grund, mich zu sorgen, es wird eine logische Erklärung geben, später, bald, morgen. Und nach aller Wehr komme ich doch da an, denke ich doch an ihn in einem Zug. Zwischen beschäftigten Leuten in Anzügen, in schicken Klamotten, Pappbecherkaffee, zwischen Familien unterwegs zu Verwandten, in den Wochenendurlaub, irgendwo da sitzt er, und ich weiß, welches Paar Schuhe er trägt. Er trägt leichte, schwarze Schuhe, eine beanspruchte Sohle, die keinem Regen, keinem nassen Grund mehr trotzen kann; winzige Löcher im Stoff, ein abgerissener, verkürzter Schnürsenkel. Ich höre Zugdurchsagen auf Deutsch, dann in einem zu bemühten Englisch, ich höre sie, als säße ich daneben.

Dann stelle ich mir vor, wie er ankommt, sich einen Weg bahnt durch Mengen und Rolltreppen. Er wird abgeholt am Bahnhof, draußen auf dem Vorplatz, auf dem sie klassische Musik spielen; sie brauchen eine Weile, um sich zu finden, die Sonne sticht auch dort ins Gesicht, hängt genauso an einem grellblauen Himmel, aber dann stehen sie voreinander, heben die Schultern, die Arme, die Hände, nehmen sich in Bruchstücken wahr: die Augen (zusammengekniffen), die Haare (ihre: jetzt vielleicht kürzer, gerade kinnlang, dasselbe Dunkelbraun, dieselben Locken), die Kleidung, die Schuhe (seine: schwarz, kaputt), die Gesichtsausdrücke, die Hände.

Ich stelle mir vor, wie Hendrik eine Nachricht bekommen hat heute Morgen, als ich gerade unter der Dusche stand, gerade aus dem Haus war; von einer Nummer, die nicht in seinem Telefon gespeichert ist, die er aber ohnehin auswendig kennt.

Ich stelle mir vor, wie sie sich begrüßen, verunsichert, nervös, hauptsächlich aber doch vertraut, in ihrer Umarmung sind sie vertraut, sie riechen vertraute Gerüche und erinnern sich, genau, so fühlt sich das an, diese Schultern, dieser Rücken, diese Arme. Dann laufen sie vom Hauptbahnhof zu Fuß an ihr Ziel, eine Dreiviertelstunde oder länger, es ist doch so schönes Wetter, und sie sprechen nur wenige Worte, vorsichtig, auf der Suche nach welchen, die nicht zu banal klingen und nicht zu viel bedeuten, schwierig, da ein Mittelmaß zu finden.

Hektisch trinke ich den Rest Wasser und verschlucke mich. Ich stehe auf und eile mit tränenden Augen ins Bad, ich atme Flüssigkeit. Der Hustenreiz drückt mir das Wasser zurück durch die Speiseröhre, wärmer jetzt, ich würge, spucke Wasser und Galle, ohne eine Erleichterung zu spüren, ohne dass es einen Unterschied macht. Ich ringe nach Luft.

Er trifft Klara. Ich bin mir sicher, dass er Klara trifft. Ich meine fast, ich hätte ihre Nachricht gelesen; was hat sie geschrieben: *Komm nach Hamburg, ich bin da, wo bist du? Ich muss dich sehen, wir müssen uns sehen, es ist an der Zeit, dass wir uns sehen.*

Ich glaube für einen Moment, er habe mir genau das geschrieben, ich bin überzeugt, in seiner Nachricht an mich tauchte ihr Name auf: *Ich treffe Klara in Hamburg, bis morgen.*

Ich stelle mir vor, wie sie sich unterhalten. Wie sie sich zögernd doch in ein Gespräch vertiefen, sich dann fragen, was zuvor so schwierig gewesen ist, so unangenehm. Sie reden über Banalitäten, tauschen sich aus über Städte und Hochschulen und Urlaube und Mitbewohner.

Alles in ihrem Nachmittag ist vertraut, die Wege, die Wohnung, die Gerüche, die Konstellation, bloß die Zeit ist nicht vertraut, die Gegenwart, die passt nicht. Das ist das Einzige, was nicht stimmt an diesem Nachmittag, die Zeit stimmt nicht, sie machen sich etwas vor, als könnten sie eine Erinnerung zurückholen, verschieben; ich fühle mich seltsam zurückgelassen in dieser Gegenwart, die mich in die Knie gezwungen hat, die mir Übelkeit beschert. Ich fühle mich übrig geblieben.

Ihnen ist das egal, für sie zählt gerade nicht die Realität, die Zeit beachten sie nicht weiter, es geht ihnen im Moment bloß um die Vertrautheit, und so zieht sich das Gespräch, es zieht sich durch einen zähen Nachmittag, in einen frühen Abend hinein, in ein friedliches Vogelgezwitscher und ruhige Luft, die von irgendwoher Grillgeruch trägt, in der Blütenstaub beinah stillsteht in tiefen Sonnenstrahlen. So gehen sie noch einmal los, verlassen die Wohnung, nicken den Nachbarn zu, die noch immer die gleichen sind, sie laufen die vertrauten Wege zu vertrauten U-Bahnhöfen, zu Freunden, die auch gerade oder sowieso noch in der Stadt sind, sie warten vor Wohnungstüren, und die Gesichter, die ihnen öffnen, wundern sich nicht, die beiden zusammen zu sehen.

Die Nudeln sind kalt und kleben aneinander. Ein einziger Klumpen gekochter Teig, matschig und in die runde Form des Topfes gegossen. Über die Soße hat sich eine feste Schicht gezogen, wie ein Schutzfilm, wie geronnenes Blut. Ich zwinge mich, etwas zu essen, ich arrangiere mir eine Portion auf einem Pastateller, schalte die Mikrowelle ein. Ich stochere, salze nach, gebe Käse dazu. Verbrenne mir die Finger am Tellerrand, zucke zurück, es ist, als würde mich etwas daran hindern wollen, als läge eine Gefahr in diesem Mittagessen.

Ich werde ruhiger. Ich kaue, langsam, zähle mit, das soll man doch tun wegen der Achtsamkeit, man schlingt das Essen sonst immer so hinunter, so nebenbei. Ich bin konzentriert und kaue und schlucke. Als würde ich eine Maschine bedienen, so leere ich den Teller, sorgsam, manierlich, als dürfte ich mir keinen Fehler erlauben, kein Kleckern und keine Unachtsamkeit.

Ich habe mich aus einer Zeit entfernt, aus der Gegenwart, ich ignoriere den Fortlauf des Tages und den frühen Abend, ignoriere einen Anruf von Hanna und einen zweiten, ich ignoriere, dass gerade nichts stillsteht, für mich steht es das. Es fällt nicht gerade ein Wochenende über die Stadt her, für mich nicht, für mich drängt sich kein Freitagabend auf, keine Optionen, keine Verabredungen, kein Abwägen, kein Vergleich von Eintrittsgeldern oder Wegen. Ich liege und schaue.

Sie fassen sich an den Händen, noch immer vorsichtig, noch immer zögernd, dann ziehen sie sich gegenseitig zueinander, so weit, bis es mehrere Berührungspunkte zwischen ihnen gibt. Hendriks Arme legen sich um ihren Rücken, da liegen sie dann ganz leicht, ganz sachte; sein Gesicht an ihrem Haar, und er atmet ein. Sie stehen vielleicht auf einem Balkon, durch eine beschlagene Glastür abgetrennt von den anderen (die, die auch gerade oder sowieso in der Stadt sind, die sich nicht wundern würden, sie so zu sehen, Berührungspunkte zwischen ihnen), von dort ertönt dumpf die Musik, das Gelächter, die Gespräche, lautstarke und angetrunkene Worte.

Ihre Gesichter suchen sich, seine Nase an ihrer Wange, weiche Haut, erhitzt, sein Atem, seine Hand in ihrem Nacken, dann finden sich ihre Lippen. Sehr langsam tasten sie sich vor, Bewegungen kleiner als Millimeter, langsam, bedacht, beinah in Zeitlupe. Ihre Zungen, warm, vertraut, sie stehen wie versteinert, die Augen geschlossen und um sie herum eine ganze Welt, eine Gegenwart. Minutenlang, vielleicht eine oder drei; ein sanfter, leichter Kuss, bis sie dann zeitgleich nach Luft schnappen, ausatmen. Dann stehen sie da, aneinander, die Berührungspunkte zwischen ihnen, ihre Gesichter verraten nicht viel.

Du fehlst mir, sagt Klara. Und Hendrik will sagen, du mir auch, oder wenigstens: danke. Aber er fragt bloß, was ist das denn jetzt, er fragt es stellvertretend für alles andere und bereut jedes Wort nach dem Aussprechen, während ihr Mund zuckt, sich in ihren Augen die Party von drinnen spiegelt. Ausgelassene, betrunkene Tanzschritte in einer engen Küche. Das geht nicht weg, sagt sie. Hendrik sagt nichts.

Ich fühl mich mit niemandem so wie mit dir.

Ein Kopfschütteln, angedeutet, ein Schulterzucken, angedeutet, ein Kribbeln in der Nase, ein Nicken, angedeutet. Hendriks Augen brennen.

Ich brauch dich.

Ich weiß.

Sie liegen sich in den Armen, auf dem Balkon, um sie herum die Welt, sie atmen ein und aus und hoffen vergeblich, dass sich der Moment irgendwie auflöst, von selbst, doch das tut er nicht. Er bleibt da, er bleibt ganz gegenwärtig, er drängt sich auf. Er kratzt an dem, was zwischen ihnen vertraut ist, dieser Moment beißt sich an ihnen fest.

Und dann trennen sich die Berührungspunkte voneinander, sie stehen sich bloß noch gegenüber mit hängenden Schultern, mit glänzenden Augen, ein bisschen verloren, ein bisschen ratlos, vielleicht sogar sehr, ja, Hendrik ist ratlos, es wird später das Erste sein, was er mir erzählt, wenn er seine Stimme wiederfindet: dass er sich nicht daran erinnern könne, jemals so ratlos gewesen zu sein.

Ich liege. Es ist eine Nacht geworden draußen vor dem Fenster, eine schwere, drückende Nacht. Ich habe den Tag vor Stunden einfach fallen lassen, mit dem dünnen Laken auf mir drauf, mit einem Windstoß etwas Staub aufgewirbelt. Jetzt kann ich es nicht mehr leugnen, jetzt haben sich die Lichtverhältnisse verändert, ist die Zeit sichtbar geworden. Es steht nichts still; alles bewegt sich.

35

Hanna hat mich eingeladen. Bloß sie und ich, in ihrer Wohnung, zum Kaffeetrinken. Wir haben uns zwei Wochen nicht gesehen, vielleicht sogar länger. Den ganzen Weg über brennt mir der Kopf; ich schiebe alles beiseite, das nichts mit dem Vorankommen zu tun hat. Ich konzentriere mich auf Schritte und Bewegungen. Treppe, U-Bahn, Treppe, Straße, Ampel, abbiegen, ausweichen, klingeln. Hanna öffnet mir, oben wartet sie in der Wohnungstür und grinst mich an. Ich fühle mich nach Weinen.

In der Küche läuft das Radio. Hanna rödelt, sie spült die French Press aus und stellt zwei Tassen auf den Tisch. Ich picke mit dem Zeigefinger winzige Brotkrümel auf. Ich würde gern von Hendrik erzählen. Von seinem Gesicht und seinem Blick und von den Versuchen, uns aneinanderzuhängen. Von diesem unbedingten Festhalten will ich erzählen, davon, dass es bloß wehtut, wenn wir so aneinander zerren, dass es uns nicht näher zusammenbringt. Davon, dass überhaupt etwas notwendig wäre, das uns näher zusammenbringt. Ich müsste von vorn anfangen, ich müsste das Bild revidieren, das Hanna von Hendrik hat, vermutlich. Es würde klingen, als würde ich etwas erfinden, es wäre so unglaubwürdig, plötzlich zu sagen: Hendrik zerfällt, übrigens, seit Wochen, Monaten bricht er immer weiter in sich zusammen, und ich kann nichts dagegen tun, ich kann ihm nicht helfen, und ich kann auch nicht einfach wegsehen, es geht mich ja auch etwas an.

Der Wasserkocher auf der Fensterbank kocht Wasser, und ein Stück Scheibe beschlägt. Hannas Hand umfasst den Griff, sie gießt den Kaffee auf, stellt den Kocher zurück, sie setzt sich, sieht mich an, sie sagt: Wir trennen uns.

Ich räuspere mich. Wir. Das waren früher einmal sie und ich oder womöglich auch sie, ich und Jaro, denke ich. Es ist vollkommen klar, wer jetzt gemeint ist.

Jaro. Jaro und ich. Wir trennen uns, sagt sie.

Sie atmet lange aus. Sie nimmt sich eine Zigarette aus der Schachtel und steckt sie sich in den Mund, zündet sie an. Das ist wie ein Punkt am Ende ihres Satzes. Sie trennen sich und Feuer und Punkt.

Ich kann nicht rückfragen. Wozu auch. Ich bin ganz klar, ich verstehe ihre Worte, ich weiß, was sie bedeuten.

Hanna raucht ein paar Züge und schiebt die Schachtel mit einer minimalen Bewegung in meine Richtung.

Sind wir jetzt erwachsen geworden?, fragt sie dann, lässig irgendwie, bemüht sich um einen Scherz, sie grinst schon wieder. Und ich weiß nicht, was sie alles damit meint.

Warum?, frage ich endlich.

Hanna druckst nicht herum. Da gibt es nichts, was unklar wäre, keine Ausreden, nichts Kryptisches. Unsere Zeit ist vorbei. Jaro fängt sein Referendariat an, und ich bin ja jetzt auch fast fertig.

Ich schiebe die Zigarettenschachtel mit zwei Fingern ganz leicht hin und her, um irgendetwas zu tun.

Ihre Zeit ist vorbei. Sie redet über Jaro, als wäre er ein Studiengang oder eine verrückte Mode.

Ich hab diesen Praktikumsplatz bekommen. Weißt du? Das hatte ich mal erzählt, sagt Hanna. Sechs Monate, erst mal. Bezahlt.

Ich nicke. Habt ihr das vorher vereinbart, dass ihr euch trennen werdet, oder wie?, frage ich.

Hanna pustet Rauch aus. Sie drückt die French Press runter, viel zu früh, sie gießt keinen Kaffee, sondern wässrige, braune Plörre in die beiden Tassen. Wir haben uns zusammen Wohnungen angeschaut, sagt sie.

Okay. Ich nicke wieder. Es fühlt sich albern an, es fühlt sich nicht wie ein Gespräch zwischen Hanna und mir an. Sie gibt Informationen ab, ich nehme sie auf und bestätige dann, dass ich alles verstanden habe.

Und dann hab ich gemerkt, dass ich nicht mit ihm zusammenziehen will. Oder kann. Keine Ahnung. Auf jeden Fall hab ich ihm das gesagt. Und er meinte, dann könnten wir's ja auch gleich lassen.

Ich überlege, wann Jaro und ich uns zuletzt gesehen haben. Wann Hanna und ich uns zuletzt unterhalten haben. Sie schauen sich zusammen Wohnungen an, sie trennen sich, das könnten ganze Jahre sein, die ich offensichtlich verpasst haben muss.

Sag mal, Lene, alles okay bei dir?

Ich nicke wieder, langsamer.

Und bei Hendrik?

Ich zucke mit den Schultern.

Sag doch mal was. Geht's euch gut?

Ich nehme mir eine Zigarette. Hanna guckt mich erwartungsvoll an. Ich puste Rauch aus. Dann sage ich: Ja. Uns geht's gut.

Sie lächelt und macht eine Reihe schneller Bewegungen. Steht auf, dreht sich zum Kühlschrank, sie holt eine Packung Milch heraus, gießt einen Schluck in ihre Tasse, sie trinkt. Er hat recht.

Ich asche versehentlich auf den Tisch. Wer hat recht?

Na, Jaro. Dass wir's gleich lassen können. Das bringt ja nichts, dran festzuhalten, wenn – sie unterbricht sich, verdreht die Augen, als suche sie angestrengt nach einem passenden Wort – wenn man weiß, das ist es nicht.

Jetzt wird es also doch kryptisch, denke ich. Das ist es nicht, wiederhole ich. Allmählich komme ich mir blöd vor, als wäre ich tatsächlich langsamer im Kopf als sie, als bräuchte ich die Wiederholung immer noch hinterher, um folgen zu können.

Mal ehrlich, Lene. Wir sind zusammen, seit ich mein Abi hab. Das ist – das war 'ne ganz andere Zeit.

Was hat das denn mit der Zeit zu tun?

Hanna verzieht das Gesicht, ich kann nicht erkennen, was sie damit ausdrücken will, eine Mischung aus Hohn und einem verzerrten, unechten Grinsen.

Aber du warst dir doch so sicher, sage ich.

Sie lacht kurz auf. Logisch, sagt sie. Das ist man am Anfang ja immer.

36

Allmählich löst Klara sich auf: Sie wird durchsichtig, sie verschwindet, Teile von ihr verschwinden. Ihr Gesicht liegt brach, liegt ruhig wie ein windstilles Meer, keine Regung ist mehr zu sehen zwischen den Mandelaugen und ihren schmalen Lippen. Nachdem sie am Anfang dachte, all das sei vorübergehend, das würde schon wieder aufhören, bekommt sie Angst, als es bleibt, als dieser Zustand fester wird, nach und nach eintrocknet. Er klebt sich an ihr fest, legt sich wie ein Film über ihre Haut, eine Schwermut ergießt sich in winzigen Tröpfchen über ihren Kopf. Es hört nicht auf nach ein paar Wochen; es dauert einen Monat, drei Monate, es dauert vier. Sie gibt sich selbst die Schuld, ihren naiven Träumereien, ihrer Unfähigkeit, ihren verdammten Händen, ihrem verdammten Kopf. Nächtelang heult sie. Mit zittrigen Händen raucht sie Zigaretten. Schubweise baut sie Mauern um sich herum, drückt sie sich an Hendrik heran, abwechselnd lässt sie zu, dass er sie hält, und dreht sich von ihm weg, so weit, dass ein Berühren nicht mehr möglich ist.

Hendrik rüstet sich. Als er merkt, dass es nicht vorübergeht, macht er sich bereit wie für einen Kampf. Er übernimmt Klaras Strukturen, er beginnt, ihre Tage durchzuplanen, er bestimmt Fristen und legt Grenzen fest, er präsentiert beinah stolz, wie er zwei Leben organisieren kann.

Schau hier, Klara, ich organisier deins einfach mit. Mach dir keine Sorgen.

Das ist keine Dauerlösung, natürlich nicht, aber immerhin ist es ein Anfang. Er kommt nun früher nach Hause. Aus der Uni, vom Sport (er joggt), vom Nebenjob (er kellnert), von Freunden. Er geht dann bald gar nicht mehr zu Freunden, zum Sport. Er erledigt bloß noch so schnell wie möglich das, was erledigt werden muss. Einkäufe. Anwesenheitspflicht. Ein paar Stunden Arbeit die Woche.

Klara tut sich schwer damit, die Wohnung zu verlassen. Es ist ihr zu grau draußen, es ist ihr zu grell, die Sonne blendet sie, der Regen schreckt sie ab, sie bekommt Angst. Es könnte doch etwas passieren. Es könnte alles über ihren Köpfen zusammenbrechen, es könnte sie jemand bemerken, dabei erwischen, wie sie durch ihr Leben huscht, fast durchsichtig und passiv, als wolle sie es bloß schnell hinter sich bringen.

Er überredet sie, stundenlang streicht er über ihre Haut, sagt er Worte, betont er, wie wichtig das sei, man muss doch mal rauskommen. Die Sonne scheint. Manchmal funktioniert das, dann gehen sie vorsichtige Schritte auf dem Bürgersteig, Klaras Augen sind ganz groß und schauen sich um, als wäre sie ein kleines Kind, als wäre all das neu für sie, ein ungewohnter Anblick, die Häuser, Straßen, Autos. Hendrik stolpert, weil er sie anschaut bei jedem Schritt, er passt für sie auf, er ist verantwortlich, er muss auf sie aufpassen.

Sie macht sich klein und kleiner. Sie sagt, ich male nie wieder. Das Malen macht mich verrückt. Hendrik redet ihr gut zu, er führt stundenlange, langsame Monologe, während derer sie vor sich hinstarrt. Er sagt: Wir schaffen das, wir kriegen das hin.

Natürlich ist er genervt, irgendwann. Wenn sie sich trotzdem wieder all die Unmöglichkeiten ausmalt, aus denen ihr Leben zu bestehen scheint. Es ist unmöglich, morgens aufzustehen, den Abwasch zu machen, es ist unmöglich, zu duschen, ihre Mutter zu besuchen, es ist unmöglich, einen Brief zur Post zu bringen, es ist unmöglich, ans Telefon zu gehen. Es ist unmöglich, dass sie ein ganz normales Leben führt.

37

Wir sind früh wach am Morgen, erstaunlicherweise noch vor acht. Die Hitze schiebt sich schon seit Sonnenaufgang durch das gekippte Fenster, auf meiner Haut hat sie einen klebrigen Film hinterlassen.

Ich schalte in der Küche das Radio ein, während Hendrik unter der Dusche steht. Schwerfällig gähnt ein Morgenmoderator, er sagt: So früh ist es ja gar nicht mehr, aber hallo, ist das heute heiß, womöglich ein neuer Rekord. Ich trinke Leitungswasser, stelle mich vor den geöffneten Kühlschrank, aus dem es nach Bergkäse riecht und nach längst nicht mehr essbarem Gemüse, braune Kohlrabi unten im Fach.

Lass uns wegfahren, sagt Hendrik, er steht ins Handtuch gewickelt in der Tür, noch klatschnass, von den Haaren tropft ihm Wasser auf die Schultern.

Ich schaue ihn aus verquollenen Augen an. Wohin denn?

Ans Meer. Raus aus der Hitze.

Mit dem Zug?

Nein, besser.

Wir leihen uns ein Auto aus. Es ist ein kleines Auto mit nur zwei Sitzen und einem Verdeck, ein Smart. Ich wusste gar nicht, dass man solche Autos leihen kann. Damit fahren wir ans Meer, an die Ostsee, das sind etwas mehr als zwei Stunden. Hendrik sitzt am Steuer und ich auf dem Beifahrersitz. Wir bewegen uns mit wenigen Kilometern pro Stunde durch die Stadt, das Verdeck geöffnet. Die Sonne brennt sich schon jetzt in den Asphalt hinein. Auf der Autobahn halte ich meine Hände nach oben gegen die Luft, fast fühlt es sich so an, als würde ich uns tatsächlich langsamer machen durch den Widerstand. Dann zerplatzt eine Mücke an meiner Hand, es tut kurz weh und ich ziehe die Hände zurück ins Auto, mit winzigen Spuren von Blut an den Fingern.

Wir haben nichts Nützliches dabei, kein Handtuch, kein Zelt, keinen Pullover oder eine wärmere Jacke, keine Socken. Hendrik trägt eine kurze Hose und ein T-Shirt, grün-weiß gestreift; er trägt seine halb kaputten Stoffschuhe. Ich trage ein Kleid und Flipflops. Hendrik schaut zu mir rüber, während ich meine Finger begutachte und das Blut daran, er grinst mich an, ich sehe meine Spiegelung in seiner Sonnenbrille.

Auch an der Küste ist es ungeheuer heiß, als wir gegen Mittag ankommen in einem kleinen Städtchen. Wir parken unser winziges Auto auf dem Parkplatz eines Restaurants. Es ist ein gutes Stück zu Fuß bis zum Wasser, auf einem schmalen Weg und schließlich über Kies, die Sonne brennt auf uns herunter, unsere Haut ist binnen Minuten heiß und gerötet. Die Luft drückt und lässt uns schwitzen, während wir mit den Füßen im Wasser stehen. Hendrik schaut mit zusammengekniffenen Augen auf den Horizont. An diesem Abschnitt des Strands ist wenig los, einen, vielleicht zwei Kilometer weiter runter sind Strandkörbe zu erkennen, bunte Fahnen, Strandmuscheln zum Windschutz, kleine, dicht aneinander aufgeschlagene Lager.

Ich schaue noch skeptisch, als Hendrik sich schon auszieht. Er sagt: Ach, komm schon. Ostsee. Als ob das irgendwen stört.

Ich lege einen kleinen Haufen zusammen aus meinem Kleid, den Flipflops, meiner Unterwäsche, der Sonnenbrille. Das Wasser ist verlässlich erfrischend, es wird kühler, je weiter wir hineinwanken, Hendrik ein paar Meter vor mir, er wirft sich schon gegen leichte Wellen.

Wie bescheuert, ruft er mir zu. Dass wir nicht mal Handtücher dabeihaben. Er lacht. Er wirft sich in eine größere Welle, taucht unter; sie schlägt mir seicht hoch bis zum Hals.

Ich finde das immer ein bisschen bedrohlich, man kann so schlecht einschätzen, welche Kräfte sich entwickeln; und schon werde ich umhergewirbelt, ich schlucke salziges Wasser und wühle mich nach dort, wo ich oben vermute, ich tauche neben Hendrik auf, der sich mit den Händen durchs Gesicht fährt, begeistert, dann ruft er: Achtung! Und wieder Wasser, überall um uns herum, es taucht unsere nackten Körper unter, wirbelt sie auf sandigen Untergrund, bis wir uns allmählich wieder zurücktreiben lassen, wir waten durch den nassen Sand.

Wir stehen im leichten Wind und in der Sonne; die Füße voller Sand. Es dauert nicht lange, bis wir getrocknet sind, wir schaffen es zurück in unsere Kleidung, noch ehe eine Familie nah bei uns ihr Lager aufschlägt. Drei kleine Kinder packen Schaufeln, Förmchen, Schwimmringe aus großen Taschen aus, ich sehe ihnen zu, während ich versuche, mit den Fingern meine Haare zu ordnen.

Wir gehen zurück zur Promenade, die Hitze steht über dem Asphalt, auf dem Parkplatz glänzen die Scheiben der wenigen Autos. Es sind kaum Menschen unterwegs. Wir betreten eine leere Bäckerei, bestellen belegte Schrippen und nehmen uns Dosencola aus dem Kühlfach. Ein Ventilator summt leise an der Decke, und die ältere Frau, die uns bedient, wischt sich mit einer Papierserviette den Schweiß von der Stirn, bevor sie Käse- und Tomatenscheiben auf zwei Hälften anordnet.

Als wir rausgehen, erschlägt uns die Luft.

Dann wird der Wind plötzlich stärker. Wir sitzen nah am Wasser, wir liegen halb an einer Düne. Ich kann die Zeit kaum einschätzen, wir haben gegessen, getrunken, gedöst, es ist mit Sicherheit später Nachmittag geworden, als sich alles zuzieht und es anfängt zu stürmen. Das Meer ändert seine Farbe. Innerhalb von ein paar Sekunden ist es so graublau wie der Himmel, der Horizont und jeder Übergang sind verschwunden. Alles verschwimmt zu einer Gewitterfront, während der ersten Tropfen packen wir die leeren Getränkedosen in die Papiertüte.

Wir laufen los, als aus den vorsichtigen Tropfen ein gewaltiger Platzregen wird, mein Kleid klebt sofort am Körper, Hendrik wischt sich die Haare aus der Stirn, und ich denke plötzlich: Das Verdeck. Haben wir das Verdeck geschlossen?

Es schüttet ganze Liter aus den dunkelgrauen Wolken, alles ist plötzlich ein einziges Meer. Mir wird schlecht, während wir über den Parkplatz rennen, das Auto schon sehen können, aber oberhalb der Türen nur einen schwarzen Balken, das Dach sieht man noch nicht, ob offen oder geschlossen. Ich fluche in das Unwetter hinein, ich ärgere mich, dass ich es nicht überprüft habe beim Aussteigen, und überlege, was alles kaputtgehen kann, wenn ein solcher Platzregen über so ein kleines Auto herfällt.

Dann ein Aufatmen, Hendrik fischt den Schlüssel aus seiner Hosentasche. Er hat es geschlossen, bevor wir losgegangen sind. Klar, sagt er, während wir die Türen aufreißen. Wir atmen schnell und keuchend, die Scheiben beschlagen unmittelbar, als wir uns hineinsetzen, Hendrik hält die durchgeweichte Brötchentüte mit den Dosen darin hoch und bringt keinen Satz heraus vor lauter Atmen und Lachen, er wirkt ganz leicht, ein Gemisch aus Regen und Schweiß im Gesicht, und ich bin bloß sehr erleichtert.

Es wird nicht wieder besser, vielmehr regnet es sich ein, es gewittert sich ein, es stürmt weiterhin. Ich nehme an, dass man mit unserem kleinen Auto wohl kaum eine Chance hat auf der Landstraße oder auf der

Autobahn bei diesem Wetter. Da kann man noch so viel gegenlenken, das wäre vergebens.

Verdammt, sage ich.

Kann man den Sitz eigentlich zurückdrehen, fragt Hendrik gegen die Windschutzscheibe, und wir tüfteln an den Seiten herum, schieben die Sitze in eine etwas bequemere Position, wir liegen halb, wie vorhin an der Düne. Unsere nackten Füße vorn auf den rauen Matten, trocknender Sand zwischen den Zehen.

Wir schauen den Regentropfen auf der Windschutzscheibe zu, die jede Sicht versperren, und als die Scheiben endgültig beschlagen und wir noch nicht annähernd getrocknet sind, trauen wir uns nach draußen, unter den dunkelgrauen Himmel. Wir laufen auf das kleine Restaurant zu, dessen Parkplatz wir belegt haben, die Hände schützend vor den Gesichtern, als ob das etwas nützen würde.

Das Restaurant ist eine ganz eigene Welt. Man erwartet helle Räume, Strandfotografien an den Wänden, Softeisautomaten. Es ist vielmehr eine Kneipe als ein Restaurant, eine unspektakuläre, nicht sonderlich einladende Kneipe. Ein paar müde Gestalten sitzen an einer winzigen Theke und trinken Bier. Ich habe das Gefühl, gar nicht mehr an der Küste zu sein, sondern irgendwo, ländliche Gegend, Brandenburg, Dorfkneipe, Feierabend. So schauen sie uns an, als kämen niemals Fremde hierher.

Zur Touri-Meile geht's da drüben die Straße runter, sagt einer, lacht aber dabei, krächzend und schon besoffen. Ich fühle mich unwohl und würde am liebsten gleich wieder gehen, zurück ins Auto, um dort weiter die feuchte, verbrauchte Luft zu atmen und mit den Fußsohlen die kleinen Steinchen auf der Matte zu fühlen.

Aber Hendrik ist entschlossen, er wirft mir nur einen winzigen Blick zu, geht dann zur Theke und bestellt eine große Portion Pommes. Der Wirt dahinter nickt und dreht sich zur Durchreiche um. Mach mal Pommes, nuschelt er in die Küche.

Wir setzen uns an den Tisch, der am weitesten von der Theke und den Leuten entfernt ist. Papierservietten liegen darauf und eine Karte, die eigentlich bloß ein laminiertes, weißes Blatt Papier ist, eingeklemmt zwischen halbvollen Pfeffer- und Salzstreuern. Der Tisch, dunkles Holz mit Macken, sieht aus, als würde er seit hundert Jahren hier stehen. Die Vorhänge vor den Fenstern sind zugezogen, sonst könnten wir über den Parkplatz hinweg bis zum Meer sehen.

Die Pommes schmecken nach Fett und Salz, übermäßig viel von beidem, ich habe kaum Appetit und sehe mehr Hendrik dabei zu, wie er die labberigen Fritten in Tomatenketchup aus einem Plastiktütchen tunkt und sich dann langsam in den Mund steckt.

Ist doch irgendwie witzig, oder?, zischt er zwischen zwei Bissen. Ich ziehe die Augenbrauen hoch. Ein Abenteuer, sage ich irritiert; mich verwirrt diese Situation irgendwie, diese Kneipe, das Wetter, der Ort, die Tatsache, dass wir ein Auto ausgeliehen haben, einfach so, spontan, wegen der Hitze.

Später geht Hendrik zur Theke, um zu bezahlen. Ich stehe schon an der Tür und höre sie reden, Plattdeutsch. Sie lachen, der mit dem Touri-Meilen-Kommentar klopft Hendrik auf die Schulter, als könnte er jetzt dazugehören, als wäre er jetzt akzeptiert, bloß durch ein bisschen Moin, wo geiht dat, mi geiht dat goot. Ich verstehe kaum etwas, dann kommt Hendrik mit leuchtenden Augen auf mich zu und sagt: Wir können hierbleiben.

Das ist für mich gar keine Option gewesen, das stand doch vorher nicht zur Debatte. Ich weiß bloß, dass wir das Auto bis zum Abend wieder abliefern, dass wir bald aufbrechen müssen.

Hendrik nimmt meine Hand, zieht mich mit sich, wir folgen dem Wirt.

Er ist so wie früher, schießt es mir durch den Kopf, wobei früher sehr unpassend ist, denn früher, das bedeutet: vor ungefähr einem Jahr. Er wirkt so gelöst, so erleichtert, als hätte ihm jemand tonnenschweres Gepäck abgenommen, bloß noch ein paar Striemen in seinen Schultern.

Und so sitzen wir schließlich in einem muffigen Zimmer im ersten Stock, ziemlich genau über unserem Tisch am Rand des Speiseraums, bloß dass das einzige Fenster hier zur Seite hinausgeht, nicht nach vorn, so dass man weder den Parkplatz noch das Meer sehen kann.

Herzlich willkommen, sagt Hendrik, er grinst, reibt sich die Hände. De Stuuv.

Es ist nicht einmal früher Abend. Draußen ist es düster, ab und an fällt schwach Bewegungsmelderlicht ins Zimmer, aber eigentlich ist gerade nicht die Zeit, zu der man ein Pensionszimmer bezieht, es ist kurz nach fünf, schätze ich, vielleicht sogar noch früher.

Wir ziehen unsere Sachen aus, die immer noch ein wenig klamm sind, nach Regen riechen. Dann legen wir uns in Unterwäsche unter eine schwere Decke, die früher am Tag noch viel zu warm gewesen wäre. Jetzt passt sie zur Temperatur.

Es riecht nach Seife und so, als hätte jemand einen alten Holzschrank geöffnet, und ich lege mich auf die Seite und drücke meine Nase an Hendriks Hals. Ich spüre seine Fingerspitzen auf meiner nackten Schulter, an manchen Stellen tut es weh, Sonnenbrand, ich schließe die Augen und versuche, mich auf ihn zu konzentrieren, auf seine weichen Fingerspitzen und nicht auf diesen leisen Schmerz. Dann zuckt ein unglaublich heller Blitz durch den Raum, für eine halbe Sekunde sieht die Einrichtung nach einem Horrorfilm aus. Hendriks Finger bleiben ruhig liegen, wir halten inne, wir warten auf den Donner, als würde sich dadurch etwas ändern, doch es grollt nur in weiter Ferne, unspektakulär.

Wir sollten heiraten, irgendwann, sagt Hendrik in die Stille hinein.

Ich halte den Atem an, noch immer, schon wieder, es bleibt ganz unheimlich still.

Und dann zusammen am Meer wohnen.

Sagst du das grade nur so?

Nein.

...

Lene.

Ja?

Willst du mich heiraten?

Ich antworte nicht, er sagt nichts mehr, er fragt

nichts mehr. Wir küssen uns. Und dann bricht ein Donner über dem Haus zusammen, ein tosendes Grollen, ein so lautes Geräusch, dass es unnatürlich klingt, ich frage mich kurz, ob ich mir das bloß eingebildet habe, dann denke ich: Die Sonne, die Mittagshitze und wir am Strand, vielleicht hat das Spuren hinterlassen; ich befühle meine Stirn, und sie ist sehr heiß.

38

Es gibt zehn, zwanzig, Hunderte solcher Gespräche, unzählige. Es sind keine richtigen Gespräche, vielmehr hält Hendrik langsame, vorsichtige Monologe. Sie liegen auf dem Bett, sie sitzen auf dem Bett, manchmal sitzen sie auf dem Boden vor dem Bett, dagegen gelehnt. Klara bleibt dabei, stumm verfolgt sie ihren Kurs, sie starrt und weiß, es gibt keine Aussicht und nichts, das sich lohnen könnte. Hendrik bleibt dabei, zwanzig, Hunderte, unzählige Male, er spricht mit ruhiger Stimme, er fasst sie an, ihre Schultern, ihre Arme.

Mein Vater hatte Depressionen, weißt du.

Kaum Reaktion, kaum ein Kopfschütteln, eine winzige, undefinierbare Bewegung vielleicht, ansonsten bloß das Starren.

Daran ist er gestorben.

Das kann man immer schönreden, weißt du.

Ein Glück, dass es ein Autounfall war. Dann kann man ja sagen, es war –

ein Autounfall.

Hildis hasst ihn.

Sie hat so Dinge gesagt wie: Er hat uns im Stich gelassen. Er ist unvorsichtig gefahren. Ist er immer schon. Er war feige.

Sie hat ihm nicht geholfen, nie.

Sie ist weggerannt.

Sie hat sich an Armin geklammert, als mein Vater noch zu Hause im Bett lag.

Lebendig.

Und was machst du dann, wenn du so im Bett liegst und es nichts mehr gibt im Leben, und dann stellst du fest: Da ist überhaupt niemand mehr, da haben sich alle abgewandt.

Sie hat ihn im Stich gelassen.

Sie hat uns im Stich gelassen.

Nicht er.

Er wollte immer nur gut sein.

Er konnte nicht anders.

Ich auch nicht. Ich konnte nichts tun.

Bestimmt nicht.

Alle wollen immer nur gut sein.

Ich kann dir helfen.

Ich bin da.

Klara?

Ich bin da.

Ich regle das. Wir kriegen das hin.

Du musst mit mir reden.

Ich lass dich nicht im Stich, ich werd hier sein. Immer.

...

...

Versprichst du das?

Dann liegen sie sich in den Armen und atmen flach, und Hendrik verspricht es. Natürlich.

39

Der Sommer ist lau geworden, so als hätte er mit drei, vier extrem heißen Tagen bereits alles gegeben. Es ist kühl. Hendrik hat seine Schichten in der Kneipe abgesagt, in den letzten Tagen schon und heute auch. Ich fühl mich nicht gut, sagt er. Ich fühl mich irgendwie krank.

Am Abend überlege ich gefühlt stundenlang, ob ich noch einmal rausgehe. Wir könnten es so leicht haben: Wir könnten ein, zwei Bier kaufen, vielleicht Eis, wir könnten herumlaufen, wir könnten uns in einen Park setzen und dann schweigen oder reden, wir könnten uns in eine Bahn setzen und fahren und irgendwo wieder aussteigen. Wir könnten Freunde besuchen oder ins Kino gehen, wir könnten Falafel essen oder im Park schlechtes Gras kaufen. Wir könnten uns betrinken und nebeneinanderher stolpern, uns kitschig an den Händen halten und nicht schon jetzt ins Bett und in diese seltsame Zwischenzeit fallen, unausgelastet, halbe Tage im Nacken.

Hendrik sitzt auf dem Bett, den Laptop auf seinem Schoß.

Ich sage: Ich geh noch mal raus, gleich.

Okay.

Kommst du mit?

Wohin denn?

Weiß nicht, einfach raus.

Es hat geregnet.

Und wieder aufgehört.

Ich glaub nicht.

Doch, ganz sicher.

Das mein ich nicht.

?

Ich glaub nicht, dass ich mitkomme.

Er schaut nicht auf, seine Augen sind auf den hellen Bildschirm gerichtet, er schaut nicht, er starrt, und ich habe das Gefühl, sein Starren wird laut mit der Zeit. Es wird zu einem dumpfen Pfeifton, einem unangenehmen Dröhnen in Minimallautstärke, wie nach zu lauter Musik und nach zu tiefen Bässen, die in den Magen wummern.

Was soll das denn, frage ich mich, und: Was machen wir denn, frage ich Hendrik. Er macht als Ersatz für eine Antwort nicht eine einzige Bewegung, die klar zu identifizieren wäre. Er deutet ein paar verschiedene Bewegungen nur so an: ein angedeutetes Schulterzucken, ein angedeutetes Kopfschütteln, ein angedeutetes Nicken, ein angedeutetes Händeheben.

Siehst du, sage ich, das mein ich.

Was meinst du?

Wie soll ich denn das verstehen?

Darauf, diesmal eindeutig: Schulterzucken.

Dann, in den nächsten Tagen, gibt es körperliche Reaktionen, auf einmal, bei mir. Ich fühle mich unwohl. Schlapp, zittrig, so als wäre ich nicht richtig wach. Ich suche im Internet nach Lösungen, tippe: Kreislaufprobleme. Ich scrolle durch Foren und Ratgeberseiten. Ich trinke noch mehr Kaffee, um den Blutdruck zu erhöhen, ich lege mich mittags ins Bett, erschöpft nach einem kleinen Vormittag und vielleicht einer kleinen Strecke mit dem Rad. Ich klammere mich an Gewohnheiten, rauche nach dem Essen lustlos Zigaretten, überflüssig, ich balanciere an Treppengeländern und esse Traubenzuckerstücke, die den Zustand unverändert lassen. Mein Nacken ist verspannt, jeder Schulterblick schmerzhaft, ich wähle die Nummer eines Physiotherapeuten und lege gleich wieder auf. Jede Energie wird aus mir herausgesogen, so fühlt es sich an, als wäre da ein Fass ohne Boden.

Am Sonntag fahre ich mit der Bahn zu meinen Eltern. Ich setze mich an einen gedeckten Tisch, esse so gesund und viel wie lange nicht, zum Nachtisch Quark mit Obstsalat. Ich druckse herum, als sie fragen, wie es denn bei mir aussieht.

Geht's dir gut? Alles klar? Und Hendrik?

Ich könnte sagen: Nein. Wisst ihr, hier fällt gerade etwas auseinander. Und es ist bestimmt nicht alles klar, wenn bloß ein paar Stunden Schlaf zwischen zwei Kopfschmerzen passen. Und vor allen Dingen: Weiß ich doch selbst nicht.

Ich könnte jammern, ich könnte leiden, ich könnte dramatisch in Tränen ausbrechen. Aber das würde sie beunruhigen und mich gleich noch mehr, das würde nicht guttun, niemandem, und das würde vor allen Dingen nichts verändern.

Meine Mutter streicht mir über den Kopf, massiert mir die Schultern, stellt mir eine Tasse Tee ans Sofa, auf dem ich neben meinem Vater sitze. Wir sehen eine Dokumentation über die Transsibirische Eisenbahn. Mein Vater schielt über den Rand seiner Lesebrille, die Wochenzeitung vor sich ausgebreitet. Meine Mutter winkt uns von der anderen Seite der Terrassentür zu, als sie ihre Gärtnerschuhe anzieht.

Ich bewege mich stundenlang nicht vom Sofa weg, schlafe irgendwann ein. Als ich wieder wach werde, hat mich jemand mit der weichen, beigefarbenen Decke zugedeckt, meine Mutter sitzt neben mir, in der Hand ein Glas mit einer in Mineralwasser aufgelösten Vitamintablette. Ich muss schmunzeln, sage ihr, ich hätte gelesen, die seien gar nicht so gesund. Ach, Blödsinn, winkt sie ab, ich fahre da seit zwanzig Jahren gut mit. Ich rieche ihr Parfum, das sie benutzt, seit ich denken kann. Manchmal kann ich nicht unterscheiden zwischen Nostalgie und Gewohnheit.

Ich richte mich auf, zupfe mein T-Shirt zurecht, streiche mir durchs Haar.

Schlaf doch hier, sagt meine Mutter. Ich überlege kurz, entscheide mich gegen die überflüssigen Ausreden: keine Zahnbürste, kein Schlafzeug, kein Ladekabel fürs Handy.

Hendrik ist zu Hause, sage ich.

Ihr müsst gar nicht so aneinander festkleben, weißt du.

Weiß ich, denke ich, ja, sage ich, und dann denke ich noch: Und ob wir das müssen, und sogar unbedingt.

Es hat sich ein Gefühl verfestigt: Ich bin machtlos geworden. Ich kann dem nichts entgegensetzen, da ist nichts. Als würde es hier bloß um ein Gleichgewicht gehen oder darum, dass wir beide an irgendetwas festhängen, das nichts mit uns zu tun hat.

Ich weiß, es ist absurd, aber ich wünsche mir trotzdem, ich hätte zu knabbern. Ich wünschte, ich würde eines dieser Päckchen tragen, ich wünschte, es gäbe da diese Geschichten irgendwo in mir drin, die sich einst eingebrannt haben nach einer intensiven Zeit, die sich immer wieder aufdrängen, die immer wieder zerren. Aber da ist nichts.

Da bleibt bloß: Hendriks Blick, wenn er woanders ist, wenn ich weiß, das ist nicht die Gegenwart in ihm drin, sondern eine Vergangenheit, die das Jetzt einfach aussticht.

40

Klara nimmt sich zusammen, irgendwoher nimmt sie minimale Energie. Sie steht wieder auf, nachdem sie wochenlang bloß dagelegen hat. Ganz selbstverständlich tut sie das, als hätte sie nun einfach genug davon. Sie stellt sich einen Wecker, schaltet ihn aus, wirft die Decke zurück, sie stellt sich unter die Dusche. Sie ergreift wieder Initiativen und hält durch, sie beißt die Zähne zusammen, sie findet zurück zu dem, was sie für ihre Pflichten hält.

Wien schickt ihr eine Zusage. Die Kunstakademie. Wir freuen uns, Ihnen mitteilen zu können. Sie ist wie ausgewechselt, so sagt man doch. Plötzlich euphorisch und aktiv, sie recherchiert im Internet, sie packt Kisten und malt zwischendurch, sie trinkt Kaffee und telefoniert, sie probiert Kleider an und dreht die Musik auf, sie macht alles parallel. Es gibt plötzlich wieder zwei Leben, eine Gleichzeitigkeit zweier Existenzen. An Hendrik prallt all das bloß ab, ihre Worte, ihr Umherwirbeln, ihre Energie, die ihm nun zu fehlen scheint.

Sie fragt ihn beiläufig: Kommst du mit mir nach Wien?

Noch bevor sie eine Antwort bekommen könnte, ist sie schon wieder in einem anderen Raum. Sie holt alles auf, die letzten Monate, sie wird hektischer, sie macht schnellere Bewegungen, es gibt noch so viel zu tun, es gibt so viel nachzuholen.

Und Hendrik bleibt zurück, er bleibt auf der Strecke, er kann ihr nicht mehr folgen. Sie zieht an ihm mit ihrer neuen Eile, mit ihrer Motivation, sie sagt: Es ist alles in Ordnung. Als wäre nie etwas gewesen, als wäre nie etwas geschehen.

Mach dich nicht lächerlich, es ist alles okay.

Er kann all dem nicht trauen, dieser neuen Leichtigkeit, so etwas kommt doch nicht einfach angeflogen wie eine Erkältung. Als hätte das alles gar keinen Wert: seine Bemühungen, sein Organisationstalent, seine vielen Worte, all die Momente, in denen er sie bloß festgehalten hat, weil mehr nicht möglich gewesen ist. Und wo er monatelang geduldig gewesen ist, da fehlt ihr diese Geduld einfach, und Hendrik wird ihr zu langsam binnen ein paar Tagen, zu schwermütig, zu unsicher.

Sie verschränkt irgendwann die Arme, sie sieht ihn bedauernd an, schüttelt den Kopf.

Das geht nicht mehr. Wir tun uns nicht gut.

Wir tun uns doch überhaupt nichts.

Ich muss mich jetzt konzentrieren. Ich muss jetzt mal für mich sein.

Es gibt kein Schreien, kein Brüllen, kein Aneinanderzerren, kein Erdrücken, keinen großen Streit. Es gibt nicht einmal Diskussionen. Es werden keine Türen zugeknallt, nichts gegen die Wand geworfen. Es bleibt bei sachlichen Aussagen, bei einer Nüchternheit, wie es sie zuvor nie gegeben hat zwischen ihnen beiden; als wäre er eine Person, die sich rein zufällig in der Wohnung aufhält, so wählt Klara ihre Worte, solche Blicke wirft sie ihm zu. Als wären sie Mitbewohner in einer Zweckgemeinschaft, als gäbe es nichts zwischen ihnen, nichts außer einem gemeinsamen Kühlschrank vielleicht.

Und Hendrik ist zu irritiert; ihm sind die Kräfte abhandengekommen und jede Energie, er hat so lange zwei Leben parallel gestemmt, er hat Klara so sehr gestützt, dass ihm jetzt die Kraft fehlt. Er kann bloß noch zuhören, bloß feststellen, bloß geschehen lassen, was geschieht. Klara radiert aus, die letzten Wochen, die letzten Monate, sie erfindet sich ganz neu, sie telefoniert ständig und wiederholt permanent: Wien, Wien, Wien; ein neues Leben, das richtige Leben, jetzt, endlich, endlich, endlich.

Und dann sitzt Hendrik schließlich allein in einer Wohnung, die er nur zur Hälfte zahlen kann, in einer Stadt, in der sich sein Leben eigentlich niemals hätte abspielen sollen. Klara ist nicht mehr da, sie ist abgereist, so unspektakulär, als wäre sie nur zum Einkaufen gegangen. Ein paar Kartons stehen noch im Flur, die soll ihre Mutter abholen, demnächst, mit einem

Auto; eine halbleere Cremedose steht noch im Badezimmer vor dem Spiegel, auf dem Laminat im Schlafzimmer sind ein paar blaue Acrylflecken, winzig klein; sonst erinnert nichts mehr daran, dass Klara hier gewohnt hat, viele Monate lang.

Hendrik sitzt und sitzt und sitzt, tagelang sitzt er in der Küche und auf dem Bett, er öffnet Klaras Mutter die Tür, sie lächelt ihn an, sie umarmt ihn und sagt später: Auf Wiedersehen. Und schließlich packt Hendrik einen Rucksack, ein paar Taschen, alles Wichtige steckt er ein, Kleidung, ein paar Bücher; und dann zieht er die Tür hinter sich zu, hinter all dem, was zu ihm und zu Klara gehört hat.

41

Es nimmt zu, was immer es auch ist, es wird größer und breitet sich aus. In jedem Zimmer, in der ganzen Wohnung.

Hendrik weint. Still und einfach so, wie er dasitzt, er verzieht nicht das Gesicht oder wischt sich über die Wangen, es rollen einfach Tränen aus seinen Augen hinaus. Er wehrt sich nicht. Ich versuche, ihn in den Arm zu nehmen, seinen verkrampften Körper aus der Position zu zerren. Ich drücke meine Nase gegen seinen Hals, ich streiche über seinen Hinterkopf.

Was soll ich denn tun, Lene, sagt er dann. Knappe Wörter, ganz leise, ganz vorsichtig, als könnten sie jemanden wecken.

Komm her.

Mir geht's schlimm.

Ich weiß.

Ich kann nichts machen.

Ich bin da.

Ich muss an sie denken, grade.

?

Ihr geht's nicht gut, im Moment.

...

Klara.

Aber das ist nicht mehr deine Aufgabe.

Das ist immer meine Aufgabe.

Mein Magen dreht sich um und meine Handbewegungen kommen mir seltsam fremd vor, als wäre
das gar nicht meine Hand, die ihm da über die Haare streicht, über den Nacken, als wäre das nicht mein
Körper, der versucht, sich an seinen zu klammern.

Tut mir leid.

Er sieht mich an und reagiert endlich auf die Trä-
nen, er wischt sich mit dem Ärmel in einer hektischen
Bewegung über das Gesicht, windet sich aus meiner
Umarmung.

Ich muss schlafen. Ich brauch einen neuen Tag.

Als ich mich wenig später neben ihn lege, in kom-
plizierten Manövern und mit langsamen Bewegungen
versuche, mich zuzudecken, scheint er noch nicht geschlafen zu haben.

Ich liebe dich. Beschlagene Stimme.

Ich kann nicht reagieren. Ich reagiere nicht.

Wir raffen uns auf. Im Park: schon erste Blätter auf
dem Gras und auf den Wegen, von starken Windböen

und noch grün von den Ästen gerissen. Dazwischen Kippen, Papierschnipsel, Müll und Sonnenflecken. In denen ist es warm. Das Licht fällt zwischen großen Bäumen hindurch, so werden die Flächen unterteilt in hell und dunkel. Drüben Gekreische auf dem Spielplatz. Auf den Bänken sonnenbebrillt die Mütter, bunte Turnschuhe, Pappbecherkaffee und zu lautes Lachen. Wir sitzen auf einer Decke, Hendrik schnipst Ameisen auf die Wiese zurück.

Als sich eine Wolke über uns schiebt, fröstele ich ein wenig in T-Shirt und Rock. Hendrik hält meine Füße zwischen seinen Handflächen, bis sie wärmer werden.

Wir essen langsam Bananen und amerikanische Schokoladenkekse als ein viel zu spätes Frühstück. Dann lege ich mein Gesicht an Hendriks Schulter. Dunkelblaue Stofffasern, weich.

Du riechst so gut.

Das ist das Waschmittel.

Lass mich das doch einfach mal so sagen.

Seufzen.

Auf dem Heimweg riechen alle Straßen nach Weichspüler, als würde auf jedem Balkon Wäsche trocknen. Das wirkt beruhigend und gegensätzlich zu den Blinklichtern, den Autos, dem Stadtrauschen. Es wird früher dunkel, allmählich, die längsten Tage sind tatsächlich schon vorbei, und Hendrik greift nach meiner Hand.

42

Er geht zur Bank und hebt einen hohen Betrag Geld ab; es fühlt sich alles an wie eine Flucht, als müsse er schnell verschwinden, bevor ihn irgendjemand findet und festhält. Er setzt sich in den nächsten Zug in Richtung Norden, er fährt bis nach Kiel und steigt dort in langsamere Bahnen um, er fährt dorthin, wo er lange nicht gewesen ist, er fährt in das winzige Küstenstädtchen, das Küstenstädtchen seiner Vergangenheit; es sitzen schon ein paar Touristen auf den Terrassen und in den Strandkörben, dick eingepackt.

Es scheint wie eine logische Konsequenz, dort hinzufahren, denn sonst gibt es doch keinen Ort mehr, nirgends.

Er mietet ein Zimmer für ein paar Nächte, in denen er vermutlich nicht schlafen wird. Er stellt sein Gepäck neben dem Bett hab, Holzdielen ächzen unter dem Gewicht, und dann sitzt er Abende lang in Kneipen. Um ihn herum ein paar dieser Leute, die immer da sind, ein paar Touristen in bunter Kleidung, die große Portionen bestellen und sich die kleinen Plastiktüten mit Ketchup und Mayonnaise in die Taschen stecken.

An den Tagen setzt er eine Sonnenbrille auf und bestellt Tee auf einer der Terrassen. Er dreht sich Zigaretten dazu und friert im Wind. Er probiert verschiedene Perspektiven und Blickwinkel aus, kann man von dort bis zum Hafen runtersehen, bis zu den Stegen, bis zu den Holzplanken gefährlich nah am Wasser?

Er spaziert an den Anlegestellen entlang, versucht, Blicke ins Innere der Boote zu erhaschen, er schaut Richtung Horizont, blinzelt, dabei kommt ihm der Verdacht, vielleicht ein bisschen kurzsichtig geworden zu sein.

Er weiß nicht, wie lange er dortbleiben soll. Er weiß auch nicht, wo er sonst sein soll. Er weiß nicht einmal, wie lange er schon dort ist. Es ist ein ewiges Wachsein, eine Aneinanderreihung von Ebbe und Flut und Ebbe und Flut und Ebbe und Flut, ohne Tageszeiten, es ist bloß entweder hell oder dunkel. Zwischendurch vergisst er alles, was passiert ist, irgendwann fühlt es sich so an, als hätte er all das nur geträumt, als hätte es ihm jemand nur erzählt.

Er belädt sich wieder, irgendwann, er fühlt sich nach: es ist so weit. Rucksack auf dem Rücken, die Taschen über die Schultern, er legt den schweren Schlüssel auf der Theke ab, grüßt mit der Hand, dann läuft er zum Ortsausgang, wartet vier Zigaretten lang auf den Bus, mit dem er zum nächsten Bahnhof fährt. Er landet erst einmal, wie selbstverständlich, wieder in Hamburg, und dort entscheidet er, dass sich sein Leben ab jetzt abspielen soll, wohin der nächste Zug abfährt, und das ist dann: Berlin, in drei Minuten, Gleis 7. Er rennt die Treppen hoch und wieder runter, so schnell es so bepackt eben möglich ist. Ein beinahe leerer Intercity; außer Atem fällt er in den Sitz, zwei Stunden, sechs Minuten, und während derer bereitet er sich auf einen ganz neuen Anfang vor, er schüttelt sich, er schließt mit alldem ab, oder zumindest bildet es sich ein.

43

Aus einer weichgespülten Welt straucheln wir in die Wohnung. Hendriks Stirn ist schweißfeucht. Er räuspert sich, er trinkt Wasser aus der Leitung, ein Glas, zwei Gläser, das dritte spuckt er wieder aus, er würgt.

In meinem Kopf vermischen sich die Bilder, die Geschichten. Ich denke an Klara. Ich denke an sie und denke und denke, ich kenne sie nicht, ich hab sie nie gesehen, ich weiß nicht, wie ihre Stimme klingt und wie sie aussieht, wenn sie weint, ich weiß überhaupt gar nichts von ihr. Ich denke an Hendriks Vater. Ans Meer.

Ich denke: Alles, was ich bisher kannte, war immer klar und strukturiert und einleuchtend. Ich wusste, was zu tun war und auch, wo dieses Tun hinführen würde, mit der größtmöglichen Wahrscheinlichkeit, und wenn ich es nicht wusste, dann sagte es mir irgendjemand, garantiert. Das ist, was man behütet nennt, höchstwahrscheinlich. Wenn da keine Störfaktoren sind, keine Hindernisse, bloß die gewohnten Bahnen und abgespeicherte Abläufe, mit denen man längst zurecht kommt. Eingeprägte Reihenfolgen. Ständige Wiederholung; es ist einfach, sich daran zu halten und darauf zu verlassen.

Ich denke: Bei Hendrik gab es immer viel mehr Variation. Für ihn hatte das irgendwann aufgehört, schleichend und dann noch einmal sehr plötzlich, das mit den geregelten Bahnen und der Sicherheit, da war die Selbstverständlichkeit einfach verlorengegangen. Er musste auf einmal schneller reagieren und sich anpassen, immer dann, wenn es gerade nötig war. Da gab es kein Vertrauen mehr und keinen Verlass auf Zustände, auf Worte, auf Versprechen, auf Menschen, auf nichts.

Ich denke an den letzten Winter, das erste Glatteis auf den Gehwegen, das dann zu schnell wegtaute, es wurde wieder feuchtkühl und überall wurden Nasen geputzt. Hendrik stand irgendwann im Türrahmen, dunkle Schatten unter den Augen, zerzaust war er.

Ich glaub, ich krieg 'ne Erkältung.

Und dann: Wir im Bett, drei Tage lang, hustend und schwitzend und mit dem Geschmack von Fencheltee in zaghaften Küssen.

Filme zwischen unruhigen Schlafphasen mit verstopften Nasen, Pizzaservice und Pfefferminzöl auf den Kissen. Eine geteilte Packung Schmerztabletten.

Ich löffelte Hustensaft und Hendrik umarmte mich, auf der Seite liegend, schläfrig, schwach. Fasste mir unter das T-Shirt, ich kämpfte mich aus der Schlafanzughose. Fast bewegungslos schliefen wir miteinander.

Ich denke, ich denke an all das, und währenddessen sitzt Hendrik in der Küche, steht er auf, geht er durch die Wohnung. Er schließt und öffnet Türen, wie ein nervöses Tier zieht er seine Bahnen, er rauft sich die Haare, und dann klingelt sein Telefon.

Nun sitze ich in der Küche, dort, wo eben noch er saß, und halte mir die Ohren zu. Das passiert nicht. Das passiert nicht. Ich höre nicht seine Stimme und ich höre nicht, wie brüchig sie ist, ich höre nicht sein Räuspern und überhaupt sind da keine Geräusche. Bloß der Kühlschrank und die Autos. Ich stehe auf, reiße das Fenster auf und stecke den Kopf hinaus. Es stürmt. Böen streifen durch die Straßen und wirbeln Müll in Hauseingängen herum. Ich stelle mir vor, wie womöglich schon die ersten paar Blätter im Park herumgeweht werden, keine Sonnenflecken mehr. Ein paar kräftige Regentropfen werden aus einer dunkelgrauen Masse nach unten geworfen.

Ich denke: Es ist irgendwie gut, dass es Sterben grundsätzlich gibt, als eine Möglichkeit. Falls es wirklich einfach viel zu viel wird, falls man sich gar nicht mehr zurechtfinden und beruhigen kann. Das ist ein Privileg, dass man die Wahl hat zwischen sterben und nicht sterben, denn viele andere haben die nicht. Und allein das, allein diese Tatsache, so unfair und abgehoben sie erscheinen mag, die könnte ihn manchmal retten, denke ich, allein die. Wenn er sich so fühlt, als hätte er nichts, dann weiß er: Er hat immer noch die Wahl.

Ich höre, wie er die Küche betritt, er stellt ein Glas ab, das Geräusch sticht mir ins Ohr, direkt ins Trommelfell. Mein Magen zieht sich zusammen.

Ich halt das nicht aus, sagt er.

Ich halt das auch nicht aus.

Ich glaub, mein Gehirn explodiert.

Ich kann nicht richtig atmen.

Mein Herz klopft nicht richtig, das sind die falschen Abstände.

Mir ist schwindelig.

Mir ist schlecht.

Ich muss kotzen.

Ich halt das nicht aus.

Ich halt das nicht aus.

Ich weiß nicht, was davon er sagt und was ich denke. Dann liegen wir uns in den Armen. Hendrik weint. Ich glaube, ich weine.

Wir trinken einen Rest Anisschnaps aus dem Gefrierfach aus den kleinsten Gläsern, die wir finden konnten, während draußen eine Welt zerfließt. Es kracht und donnert und blitzt und schüttet und wütet und brennt, irgendwo.

Hendrik sagt ab und zu Worte, die mich nur am Glas nippen lassen. Ich kann nichts mehr sagen, nichts mehr beitragen. Ich fühle mich seltsam. Bisher gab es immer einen Übergang, ein Ein- und Ausschleichen, eine Geschwindigkeit, mit der ich zurechtkam. Kein harter Kontrast, kein Bruch, nicht dieses von einer Sekunde auf die andere.

Wir sitzen da, die Gläser vor uns, das Brennen auf der Zunge. Immer wieder fallen uns fast die Augen zu, vor Müdigkeit, als Schutz, als körperliche Reaktion. Ich muss daran denken, wie oft wir hier schon saßen, ganze Nächte lang, diese eine zum Beispiel, damals, als ich ihn mitgenommen hatte, als das hier noch Hannas und meine Küche war. Wir sitzen genauso wie damals. Manchmal wiederholen sich Situationen exakt.

Aus dem leiser werdenden Gewitter fallen wir irgendwann in halbwachen Schlaf. Ein Drehen und Wenden, stundenlang, ich versuche immer wieder, die

Lichtverhältnisse einzuschätzen, sie einer Uhrzeit zuzuordnen.

Ich denke: Das ist ein bisschen, als wäre er gestorben, ein bisschen wie aufgeben. Das ist makaber, das mit dem Sterben, denn irgendwo anders passiert das nämlich jemandem, ständig und nicht im übertragenen Sinne, aber vergleichbar ist es, auf eine Art, die sich nicht fassen lässt, die bloß in den Bauch hinein drückt und kalte Schauer über den Rücken jagt.

Ich weiß nicht, wo Hendrik gerade ist in seinem Kopf, und so meine ich das mit dem Sterben, denn dann weiß man doch auch nicht, wo der andere ist, so stelle ich mir das vor. Und weil in dem Fall die Verzweiflung meist stärker ist als die Vernunft, weil man selbstverständlich bis in die Nacht da sitzt und wartet, weil man an T-Shirts und an Kissen und am Duschgel riecht, weil man die Mailbox abhört, wieder und wieder, weil man sich selbst etwas vormachen möchte, ganz bewusst. Weil man mit allen Mitteln eine Realität erschaffen will, die nie wieder möglich ist. Man kämpft gegen eine Unmöglichkeit, völlig hoffnungslos und sowieso längst verloren, und warum man kämpft ist irrelevant. Ob es Stolz ist oder Selbstschutz, ein Bewältigungsmechanismus, Angst, eine Projektion. Es spielt keine Rolle. Es hält einen am Leben.

Dann bin ich wieder in der Gegenwart, im stickigen Raum zu irgendeiner Uhrzeit, die Gewitterschwere um uns.

Vermutlich schlafe ich doch noch richtig ein, als ich die Augen öffne, fällt mir grauweißes Licht hinein. Ich erinnere mich an Fetzen, ich weiß nicht, ob geträumt oder nicht, ob Hendrik auch wach war oder ob er schlief, als er irgendwann sagte: Ich glaub, ich hab kapituliert.

44

Dann fällt er durch eine neue Gegend, trinkt am Hauptbahnhof zu bitteren Kaffee, in einem Internetcafé sucht er stundenlang nach freien Zimmern, er wählt alle Nummern, die er finden kann. Er könnte Termine ausmachen, Besichtigungen, Kennenlernen, morgen, nächste Woche, übernächste. Aber das will er nicht, er bleibt hartnäckig, solange es eben nötig ist, bis er schließlich sein Zimmer findet, das kleine, in das er gleich einziehen kann, sofort, eine halbe Stunde später. So, als wäre es lange geplant gewesen oder als wäre er schon wochenlang in der Stadt. Und dann steht er vor einer neuen Tür, den großen Rucksack auf dem Rücken, zwei Sporttaschen unbequem am Körper, die er erst einmal abschütteln muss, bevor er seinem neuen Mitbewohner die Hand geben kann. So zieht er ein, dreizehn, vielleicht vierzehn Quadratmeter, hier, das Sofa, das Regal, wenn du willst, kannst du's haben, ich pack's sonst eh zum Sperrmüll.

Zur Probe setzt er sich auf das Sofa, leise quietschende Federn, er sieht sich um und denkt, dass wohl noch nie jemand so schnell in eine andere Stadt gezogen sei, so schnell und so spontan, nicht einmal ein ganzer Tag liegt zwischen Aufbruch und Einzug.

Und dann richtet er sich ein in der anderen Stadt, in

diesem anderen Leben, er lernt den U-Bahn-Fahrplan und kauft Bettzeug, er wischt den Kühlschrank aus und läuft abends durch die Straßen, so als gehörten sie schon immer zu ihm, er fährt in andere Ecken und findet schließlich eine Kneipe, in die er hineingeht, er lächelt jemanden hinter der Theke an, er braucht einen Job, er fragt nach, sie suchen, was für ein Zufall, hast du schon mal in der Gastro gearbeitet, kannst du auch nachmittags, schreib doch mal deine Telefonnummer auf.

45

Grauweiß. Draußen die Straßen noch nass.

Meine Finger sind ineinander verkeilt, um die Impulse zu verhindern; ich würde ihn gern umarmen, aber das erscheint mir unpassend, ich traue mich nicht einmal, näher zu rücken. Das soll wohl so sein, er am Kopf-, ich am Fußende des Bettes.

Er sitzt ganz ruhig, den Blick starr nach vorn, während meiner umherfliegt und nach irgendetwas sucht, woran man sich festhalten könnte.

Meine Schultern verkrampfen sich, und ich spüre, dass ich die Kontrolle über die Situation verloren habe. Da rollt eine Träne in Zeitlupe über Hendriks Gesicht, ich weiß nicht, was als Nächstes passiert, ich kann nichts mehr einschätzen, weder ihn noch mich. Alles entgleitet.

Ich bekomme Bauchschmerzen, natürlich, mein ganzer Körper krampft sich zusammen, ich hasse das, ich werde ungeduldig, ich will, dass jetzt irgendetwas passiert. Dass er richtig weint, laut, dass er aufsteht und geht, dass er etwas sagt, ich will, dass er so reagiert, dass ich es richtig einschätzen kann. Er ist so undurchschaubar, gerade.

Er sagt nichts.

Er sagt nichts.

Er sagt nichts.

Er hebt den Kopf an, Millimeter, selbst das fällt mir auf, irgendwo im Haus knallt eine Tür zu, er trägt zwei verschiedene Socken, die eine hellgrau, die andere beige, das liegt an seiner Unordnung, er trägt meistens zwei verschiedene Socken. Mein Kopf überschlägt sich, ich habe ihm einmal gesagt, dass mich das wahnsinnig mache, wieso er nicht einfach Socken anziehen könne, die zueinander passen, so wie jeder normale Mensch.

Jetzt sieht er aus, als würde ihm etwas klar werden, den Rücken gegen die Wand gelehnt, die Beine ganz ausgestreckt, quer auf dem Bett, so dass die Füße heraushängen, der eine in hellgrau, der andere in beige.

Ich sitze einen Meter von ihm entfernt, einen Fuß auf dem Boden, auf dem anderen sitze ich, er kribbelt und schläft ein, ich würde jetzt nicht weglaufen können.

Diese Banalitäten: Es ist gut, dass man immer atmen kann; egal wie schwer einem der Körper ist, atmen geht von selbst. Wir atmen gleichmäßig und fast synchron, und das spitze Ausstoßen von Luft dröhnt und übertönt alle anderen Geräusche, die Autos, den Wind draußen.

Er sagt nichts.

Ich habe Angst, mich bemerkbar zu machen, aufzufallen, er sieht fast aus, als hätte er ganz vergessen, dass ich da bin.

Das hält man eine Weile aus, wenn man sich gut beherrscht, wenn man sich anstrengt, aber dann kommt dieser Schmerz in der Lunge, dieses Pfeifen, wenn man schneller gerannt ist, als die Kondition es eigentlich zulässt.

Ich schließe die Augen. Das Zucken greller Blitze. Als ich sie wieder öffne, sieht Hendrik mich an.

Ich halte die Luft an, während er spricht: Das geht nicht mehr. Nicht so.

Ich denke daran, wie mir manchmal alles auf der Welt ganz nichtig vorkam, wenn ich mir vorstellte, dass Hendrik etwas zustoßen könnte. Mir schießen Tränen in die Augen.

Lene. Ich bin raus. Er flüstert.

Ich reiße meinen Fuß unter meinem Körper hervor, er ist eine Sekunde lang taub und sticht dann vor Schmerz.

Hendrik wischt sich mit den Händen durchs Gesicht. Er atmet angestrengt.

Ich suche einen Vergleich. Es geht nicht, dass da nichts ist. Ich höre einen dumpfen Pfeifton im rechten Ohr. Mir wird schwindelig in dieser kurzen Stille, wir schweigen verloren. Das Geräusch meiner Kehle, als ich schlucke, ist zu laut und wie aus einer Realität, die es nicht mehr gibt.

Ich gebe auf, ich finde keinen Vergleich. Es gibt keinen Vergleich und keine Lösung und keine Zeit mehr. Vielleicht sitzen wir schon seit Stunden da.

Ich bin fast verwundert, als ich meinen Körper anheben kann, ganz leicht, ich muss mich an die Wand lehnen, das Schwindelgefühl ist geblieben. Hendrik hat sich immer noch nicht bewegt, er sitzt ruhig da, ich starre auf seine Socken.

Es gibt keine Regeln dafür, was jetzt als Nächstes passiert, keinen Plan, an den man sich halten kann. Man muss jetzt selbst entscheiden, abwägen, agieren, reagieren, irgendwie, aber ich weiß nicht, was ich tun soll, ich kann mich bloß bemühen, nicht zusammenzufallen wie ein Kartenhaus.

Draußen kreischen Vögel. Es klingt bedrohlich, aber sie fliegen weiter.

Ich denke an Wasser, ans Trinken, mein Mund ist ganz ausgetrocknet, und ich habe Durst, wie banal, und dann denke ich an Gedichte, an Zitate, an das, was berühmte Menschen einmal gesagt oder geschrieben haben. An Kästners *Sachliche Romanze*, das ist das traurigste Gedicht, das ich kenne, und an *Erinnerung an die Marie A.* von Brecht, das konnte ich einmal auswendig, von vorn bis hinten, *Und über uns im schönen Sommerhimmel war eine Wolke, die ich lange sah. Sie war sehr weiß und ungeheuer oben. Und als ich aufsah, war sie nimmer da.* Das ist alles, was übrig geblieben ist davon. Ungeheuer oben. Ich weiß nicht, ob ich bloß denke oder ob ich die Lippen bewege.

Es ist fast, als würde ich aufwachen, als Hendrik sich plötzlich bewegt. Er steht auf. Das passt nicht: Wie er seinen Körper jetzt im Raum platziert. Er fährt sich durch die Haare. Dann sieht er mich an, gerötete Augen, ich kann seinen Blick nicht deuten, ich kann mich nicht bewegen.

Wir nähern uns einander, wie von selbst, er steht an der Bettkante, mit den Füßen auf einem T-Shirt, das im Staub liegt, er zieht mich an den Händen hoch, bis ich wacklig vor ihm stehe. Wir umarmen uns, fest, fester: Ich könnte mich gerade nicht eigenständig befreien.

Tut mir leid. Seine Stimme ist ganz leise, nur an meinem Ohr zu hören.

Ich weiß nicht, was er meint, ich verstehe nicht, was hier passiert, es ist, als würde es gegen meine Schädeldecke pochen und ich es nicht hereinlassen. Ich konzentriere mich auf das Atmen, denn das ist gut: sich auf etwas zu konzentrieren, das auf jeden Fall funktioniert.

Und dann verliere ich mich in der Konzentration, und mein Bauch zieht sich zusammen, ich verliere mich in seiner Umarmung, und dann

verliere ich

jeglichen

Boden.

46

Natürlich gibt es Anzeichen, natürlich hätte man immer schon interpretieren und deuten können, und zwar so viel man eben wollte, gebracht hätte es trotzdem nichts.

Am Telefon werden die Anzeichen sehr konkret, so konkret, dass es womöglich schon unterlassene Hilfeleistung sein könnte, im schlimmsten Fall, wer weiß das schon so genau.

Klara fällt das Dach auf den Kopf, Klara fällt die Stadt auf den Kopf. Ihr wird das Hirn zerdrückt von all dem um sie herum, von ihrem Weg zur Akademie, vom Geruch der Fußböden, vom Lärm in der Mensa, von den Fragen, von den Antworten, von den Farben, von außen, von innen. Da gibt es keinen Halt mehr und keine Möglichkeit des Rückzugs, wie soll man sich auch zurückziehen, wohin auch, wenn da nichts mehr bleibt, nichts mehr ist, das einen noch in Ruhe lässt, das einem nicht an den Augäpfeln kratzt, nicht den Magen zersticht, nicht die Glieder so tonnenschwer in die Waagerechte zerrt.

Klara ist seit jeher zerbrechlich. Klara zerbricht, immer wieder, unregelmäßig, aber immer wieder, das Zerbrechen zieht sich konstant durch ihr Leben. Ihrer Porzellanhaut sieht man das nicht an. Ihrem Haar sieht man das nicht an. Man sieht es ihr eigentlich überhaupt nicht an. Erst ganz zum Schluss, dann, wenn sie sowieso niemand mehr sieht, weil sie sich längst verkrochen hat, kapituliert hat vor der Stadt und all den Dächern auf ihrem Kopf; erst dann wird sie nachlässig, erst dann sind die Schatten tiefdunkelblau unter ihren Augen.

Es überrascht sie selbst, diese Heftigkeit, die Intensität, mit der sich plötzlich Gewichte in ihre Organe zu pressen scheinen, mit der sich eine Art Folie über ihr Gesicht legt, um sie abzuschirmen von der Welt. Sie redet darüber, in knappen Sätzen, in Halbsätzen, zumindest in wenigen Wörtern, sie sitzt auf einem Stuhl in einem kargen Zimmer, über ihr Neonlicht, dessen leichtes Flackern sie noch nervöser werden lässt, sie gibt Miniaturantworten, essen Sie, trinken Sie, trinken Sie Alkohol, nehmen Sie Medikamente, haben Sie ernsthafte Suizidgedanken, nein, wenn man bloß an Suizid denkt, also daran, dass es so etwas gibt, dann ist das noch keine Absicht, dann besteht keine Gefahr.

Es geht dann nicht mehr, es funktioniert nicht mehr anders, nie und nimmer, und dann läuft sie eines Tages durch einen kleinen Regen und ruft an, auf dem Handy, ins Ausland.

Kannst du kommen?

Hendrik bleibt still, am anderen Ende, fünf Sekunden bleibt er still, zehn, zwanzig. Er ordnet die Stimme ein, wie ein Mediziner überprüft er jedes der drei Wörter auf Symptome, jede Silbe, nun auch die Atemgeräusche. Das Beben ist nur zu erahnen, erst recht am Telefon, die Stimme ist kraftlos, der Satz ohne jede Melodie, bemüht sachlich.

Hendrik sagt, um Zeit zu schinden: Klara.

Klara weint. Tonlos, ihr rinnen bloß beinahe literweise Tränen das Gesicht hinab, sie fließen einfach aus ihren Augen hinaus, auf dem Gehweg werden sie zu Pfützen, zu Sturzbächen, um sie herum scheint eine Welt unterzugehen; sie weint, tonlos, Hendrik hört es nicht, er hat keine Chance, es zu hören.

Ich weiß nicht mehr, sagt sie, weil das tatsächlich ihre einzige Sicherheit ist, ganz sicher weiß sie nur: Sie weiß nicht mehr, sie weiß gar nichts mehr und erst recht nicht weiter.

Bist du in Wien, fragt Hendrik, er will die Fakten, als gäbe es einen Kriminalfall aufzuklären, Ort, Zeit, wer, wie, was.

Klara nickt, Klara sagt nichts, sie presst die Lippen aufeinander, schließt die Augen, so fest es nur geht.

Klara, wo bist du? In Wien? Was ist los, was ist passiert?

Ich kann nicht mehr.

...

Ich wünschte, du wärst hier.

Klara. Das geht nicht.

Das geht nicht mehr.

Was geht nicht mehr?

Alles. Ich kann das nicht mehr. Alles.

Wo bist du? Ist irgendwer bei dir?

Hendrik, ich stell mir das immer noch vor, manchmal, ich stell mir immer noch vor, dass wir zusammen alt werden, mit so blöden Schaukelstühlen und allem.

...

Hendrik? Ich liebe dich.

Hendrik hat diese Erinnerung, Hendrik hört dieses Gespräch, er ist sich sehr sicher, dass es so stattgefunden hat, genau so. Er könnte die Tageszeit nennen und das Wetter beschreiben, wie sah der Himmel aus, kurz bevor er den Anruf entgegengenommen hat. Er könnte sagen, es war ein Dienstag, zwischen sechzehn und siebzehn Uhr, es war schwül, eine trübe Luft hing tief in den Straßen. Es könnte aber auch sein, dass er es bloß geträumt hat, er schläft so schlecht seit Tagen, Wochen, man kommt doch so oft durcheinander. Er könnte es geträumt haben, vielleicht ist es eine Erinnerung, vielleicht ist das tatsächlich einmal so ähnlich passiert, vor einem Jahr oder zwei. Es ist ganz seltsam, weil es wenig mit ihm macht, viel zu wenig, dieses Gespräch, egal ob geträumt oder echt, es lässt ihn viel zu kalt. Es prallt an ihm ab, es berührt seine Haut und segelt dann zum Boden wie Papier, es ist wie eine Geschichte, wie eine Anekdote von jemand anderem, wie die Handlung eines Films. Hendrik ist sich nicht mehr sicher, ob es dieses Gespräch je gegeben hat.

47

Was machen wir jetzt.

Draußen ist es dunkel geworden. Die Fenster sind geöffnet, von draußen dringt das Getöse hinein, entferntes Rauschen, anfahrende Motoren, ein Hupen, eine Sirene ab und an. Es ist schwül, aber es gewittert nicht, nicht heute.

Ich habe zwei Gläser lauwarmes Wasser getrunken, mehr habe ich seit Stunden nicht getan. Ich sitze im dunklen Zimmer, das Licht ausgeschaltet wegen der Mücken, es ist kurz nach dreiundzwanzig Uhr.

Wir sind hier, in der Wohnung, wir haben sie nicht verlassen. Wir sitzen beide still auf knapp sechzig Quadratmetern, das ist unsere Wohnung, das sind unsere zwei Zimmer. Eines gehört mir und eines gehört ihm, in dem einen ein Bett, im anderen ein Sofa. Unsere Namen stehen im Mietvertrag, von unseren Konten wird dauerbeauftragt eine Summe an jemand anderen überwiesen. Auf dem Klingelschild steht:

Fuchs

Lohse

Was machen wir jetzt.

Irgendwann geht: daliegen. In Unterhose und einem weiten T-Shirt, auf der Matratze, unter mir ein schon verschwitztes, zerknittertes Laken. Ich liege und schaue zur Decke hoch, an meiner linken Wade, am rechten Knöchel jucken drei, vier angeschwollene Stiche. Aus der Küche höre ich ein leises Klappern und den Wasserhahn, dann höre ich langsame Schritte, die sich mir nähern, dann steht Hendrik in der Tür.

Er sagt nichts, ich sage nichts, ich rücke ein wenig zur Seite, er steigt aus seiner Hose und legt sich neben mich. Wir liegen, was sollen wir auch sonst tun, es bleibt nicht mehr viel, es ist spät, es ist genug passiert für einen Tag. Was ist bloß passiert, was ist denn auf einmal geschehen.

Wir liegen starr, wir bewegen uns nicht. Ich kneife die Augen zusammen, so sehr will ich schlafen, ich konzentriere mich auf das leise Rauschen von draußen, und irgendwann funktioniert es, irgendwann wache ich wieder auf, und es gibt einen neuen Tag, von draußen schrillt die Sonne hinein wie ein lautes Geräusch. Das Bett ist leer neben mir.

Was ausbleibt: dieser Moment, in dem man kurz annimmt, alles sei wie immer, in dem man denkt, alles wäre okay. Es ist nichts wie immer, mein Magen ist seit zu vielen Stunden leer, ich habe einen faulen Geschmack im Mund, Übelkeit drängt sich nach oben. Ich fühle mich weder verschlafen noch hungrig, bloß meine Augen sind etwas verklebt, ich reibe mir beidseitig Schlaf heraus.

Hendrik sitzt in der Küche, er sitzt dort und schaut.

Ich schlucke, ich sage: Seit wann bist du wach?

Er schüttelt den Kopf. Keine Ahnung.

Ich räuspere mich, er löst sich aus seiner erstarrten Position, steht auf und geht zur Arbeitsplatte. Er greift nach dem Wasserkocher, füllt ihn auf, stellt ihn an.

Wir sollten was essen, sagt er.

Haben wir noch was da, frage ich, mehr mich selbst, und öffne die Kühlschranktür.

Bisschen Toastbrot im Gefrierfach, sagt Hendrik.

Ich nicke. Ach Mist, sage ich dann. Keine Milch mehr.

Trotzdem Kaffee?

Mhm.

Wir hantieren herum, wir bereiten uns ein Frühstück. Teller, Messer, Tassen. Ein Rest Butter, ein Rest Marmelade, ein kleines Stück Schafskäse, zwei zerknautschte Tomaten. Pfeffer, Salz, Gartenkräuter. Kaffee. Zwei Portionen Frühstück, es geht genau auf, es reicht gerade so. Wir sitzen am Tisch und bestreichen jeweils eine Scheibe Toast. Mir ist nicht nach Nahrungsaufnahme, aber ich weiß schon, sie ergibt einen Sinn, sie bringt den Kreislauf nach vorn. Nach ein, zwei Bissen schlucke ich die Übelkeit mit herunter, sie landet im Magen und brennt sich dort ein. Nach ein, zwei Schlucken fühlt es sich bloß noch nach etwas zu viel Magensäure an.

Ich sitze zum Fenster hin, die Sonne fällt mir direkt ins Gesicht, ich muss die Augen zusammenkneifen. Wir schweigen. Wir kauen. Wir schlucken. Der Toaster wirft die nächsten zwei Scheiben heraus.

Ich frage mich, wie wir diese Situation aufbrechen

sollen, diesen Zustand. Wir sitzen hier beim Frühstück, und dann? Unmittelbar danach können wir aufräumen, abwaschen, das wird nicht länger dauern als fünf Minuten, wir könnten duschen, uns anziehen, den Laptop aufklappen, uns Schlagzeilen vorlesen, hast du schon gehört, hast du schon gelesen, Mensch, das ist ja mal was.

Meine Augen beginnen zu tränen, die Sonne, das Licht. Hendrik kratzt mit dem Messer das Marmeladenglas aus; was für ein banaler Moment, denke ich, was für eine furchtbar banale Handlung. Ich reibe mir die Augen, stehe auf und hole mir ein Glas Wasser. Willst du auch?, frage ich. Meine Stimme klingt mechanisch, viel leiser, so fremd.

Hendrik zuckt mit den Schultern. Diesmal er: Mhm.

Wir steuern auf Floskeln zu, wir sind höflich, wir fragen freundlich nach dem Nötigsten. Wir sind übervorsichtig. Wir sind beide außerordentlich ruhig, kein Zittern in den Fingern, unsere Pupillen sind stets fokussiert, ich beobachte mich, ich beobachte ihn.

Ich räume den Tisch ab, seltsam froh über diese Möglichkeit des Handelns. Teller, Messer, Tassen. Das Marmeladenglas ist leer und kann ausgespült werden. Die Tomatenreste in den Restmüll, die Plastikverpackung vom Käse in den Plastikmüll. Ich ordne Pfeffer- und Salzstreuer ins Gewürzregal ein. Hendrik will mir helfen, er legt die Butter zurück in den Kühlschrank, er kippt seinen Kaffeerest ins Spülbecken. Man kann nicht zu zweit am Spülbecken stehen, es ist zu eng, zu wenig Fläche, ich lächele ihn kurz an mit aufeinandergepressten Lippen, leicht hochgezogenen Augenbrauen, Sorry, murmelt er, Sorry, murmele ich. Ich mache weiter, spüle die wenigen Gegenstände unter laufendem Wasser, es ist heiß, es brennt an meinen Händen.

Als ich fertig bin, höre ich das Wasser im Bad, die Dusche; ich setze mich wieder an den Küchentisch, vor mir noch das Wasserglas. Ich konzentriere mich darauf, das ist meine Aufgabe, darum muss ich mich kümmern, bald werde ich es ausgetrunken haben und das ist dann gut. Dann wird es irgendwie weitergehen mit diesem Tag, die Uhrzeit ändert sich und die Art der Sonneneinstrahlung, irgendwas werden wir tun, es bleibt uns ja nichts anderes übrig.

Ich höre ein Niesen im Flur, ich denke: Gesundheit.

Dann steht Hendrik in der Tür, lehnt sich leicht an den Rahmen. Nasse Haare. Ein weißes T-Shirt. Eine helle Jeans. Unten etwas hochgekrempelt. Nackte Füße. Er verzieht das Gesicht, hebt die Hand. Er niest noch mal.

Gesundheit, sage ich.

Ein winziges, kaum erkennbares Kopfnicken. Er zieht die Nase hoch, sieht mich an, das Gesicht noch immer seltsam verzogen. Ich spüre, wie mir die Tränen kommen. Es kribbelt mir unter dem Gesicht, in der Nase, etwas drückt mir in den Hals. Es fühlt sich an, als würden sich unendliche Massen Flüssigkeit durch meinen Kopf schieben, durch einen zu engen Kanal drücken, ich schließe unauffällig die Augen. Dann atme ich scharf ein, dieses verräterische Tränenatmen, ein Reflex.

Ich öffne die Augen wieder, vorsichtig, Hendrik steht noch da, genauso, das Gesicht beinah grimassenhaft

verzogen, und dann löst es sich auf, aus der Schief-
und Schräglage bricht etwas hinaus, ich erwische
noch für einen winzigen Moment seinen Blick, seine
Augen, bevor er sie zuwirft vor Lachen, vor Lachen,
vor Lachen. Er lacht.

48

Komm rein.

Das ist ein schönes Zimmer.

Ich hab's selbst eingerichtet.

Das ist wirklich extrem schön. Es ist gemütlich.

Das Bett ist zu klein.

Aber es ist ein Bett!

(Das stimmt, immerhin ein Bett ist es; eine Locke
fällt ihr ins Gesicht, sogar ins Auge, sie rettet sich
selbst mit einer kleinen Handbewegung.)

Was sind das für Bilder?

Meine.

Deine Bilder?

Ich hab sie gemalt.

Wo, in der Schule, oder was?

Nein. (Ein Lachen.) Also, ja. Auch. Aber nicht die
hier. Die hab ich zu Hause gemalt.

Die sind krass.

(Kokettieren, Kopfschütteln, Abwinken?)

Wirklich. Darf ich näher ran?

Interessierst du dich für Kunst?

Wer interessiert sich denn nicht für Kunst.

Ach. Niemand interessiert sich für Kunst. Das sagt

man bloß so, für den Eindruck. Und hinterher sagt man dann: (Jetzt verstellt sie die Stimme) Das soll also Kunst sein? Mal ehrlich, wenn das Kunst sein soll, dann pappe ich gleich meinen Kaugummi auf einen Bierdeckel, New York, Museum of Modern Art, mindestens! Dieses Gekrakel, jämmerlich, furchtbar, das ist doch nicht mal zehn Cent wert.

(Eine Steilvorlage, denn die Stimme verstellen, das kann er.) Ja, wirklich, und dafür gibt es dann eine Vernissage, kommt alle her, trinkt Sekt und schnupft Koks, alles inklusive, Hauptsache, ihr schaut euch meine Scheiße an!

Aber so ist das doch. (Noch im Lachen gesprochen, aber schon wieder ganz ernst.)

Ich geh' gern in Museen.

Und dann sagst du, dass du nichts verstanden hast.

Nein! Man muss ja nicht immer gleich alles verstehen.

Du kannst gern näher ran.

War das eine Prüfung?

Das war eine Schauspielprüfung, Sie sind eine Runde weiter, Herr Lohse, herzlichen Glückwunsch.

(Er reißt die Arme nach oben, er schreit lautlos seinen Triumph hinaus. Dann drei kleine Schritte weiter.)

Das da, das ist wirklich schön.

Das ist alt, mindestens ein Jahr.

Es erzählt von deinem früheren Leben.

Ja genau, als ich jung war und sehr erfolgreich in Italien.

Mir gefällt's wirklich. Ich kenn keine Fachsprache, was sagt man denn da außer schön?

Hm, du kannst die Farben kommentieren. Oh, ein schönes Tiefblau, das erinnert mich an Yves Klein. So was.

Das erinnert mich an Wasser, an ein Meer, dieses Muster.

Ehrlich?

Hier, ja. Das sieht aus wie eine Welle.

(Stolz? Auf jeden Fall Anerkennung. Vielleicht doch mehr Stolz. Und ein Brennen in der Magengegend, Aufregung.)

Dann hast du's tatsächlich verstanden.

Ja?

Ja. Es hat einen Titel.

Und welchen?

Es heißt: Das Rauschen in unseren Köpfen.

(Ein Lächeln, ein kleiner Blickkontakt, ein Brennen in der Magengegend, Aufregung, und: Es riecht so gut in dieser Wohnung, es riecht so sehr nach Zuhause in diesem Raum.)

49

Wir in der Küche, ein Bild wie falsch zusammengesetzt, wie eine absurde Installation, wie eine Kunst, die niemand versteht. Hendriks Lachen, mein geräuschloses Weinen.

Ich hab mir immer vorgestellt, dass wir mit einem alten Auto durch Skandinavien fahren. Hinten die Sitze umgeklappt, Schlafsäcke, Kissen, ein Bett. Morgens nach dem Aufwachen wären die Scheiben beschlagen, wir würden barfuß durch feuchtkaltes Gras laufen mit verschlafenen Gesichtern, zerzausten Frisuren, irgendwo zwischen Seen und Nebel und Bäumen. Dann würde es nach starkem Kaffee riechen, wir säßen da mit dampfenden Bechern in den Händen, wir atmeten die kühle Luft und führen später irgendwohin. Zwischen winzigen Städtchen mit schönen Häusern hielten wir in Industriegebieten an, um in hallengroßen Supermärkten Brot zu kaufen, ein Stück Käse vielleicht und Preiselbeermarmelade. Wir tränken Kung-Bier aus Dosen zu unseren Abendessen und Wein direkt aus der Flasche. Wir würden schwedische Radiosender hören und um die Worte rätseln, mitten auf der Autobahn stritten wir uns über die Route. Geistig habe ich Postkarten geschrieben, aus Stockholm oder Trondheim, ich habe mir vorgestellt, was für Fotos wir machen, welche Bücher wir mitnehmen würden, um uns daraus vorzulesen.

Eine Idealvorstellung, aus der keiner von uns hinauszudenken wäre, als wollte ich mir dadurch eine Sicherheit erdenken, durch ein lächerliches Vorausschauen, ein naives Vorstellen von Möglichkeiten, die keine sind, die keine waren, nie.

Lass uns rausgehen, sagt Hendrik.

Was machen wir hier, frage ich mich. Ich schüttele den Kopf, verständnislos.

Wir müssen rauskommen hier, sagt Hendrik.

Was bringt das, frage ich.

Keine Ahnung.

Was macht man denn jetzt, was tut man? Hendrik

wischt sich über die Augen, fährt sich durch die Haare, er zieht die Nase hoch, ich sehe aus wenigen Metern Entfernung: Ihm steht jetzt auch Flüssigkeit in den Augen.

Ich muss rausgehen, sagt er.

Ich ziehe mich an, ich binde mir die Haare hoch. Kaltes Wasser ins Gesicht. Sonnenbrille. Wir gehen raus.

Im Treppenhaus riecht es nach gebratenem Fleisch, leicht angebrannt. Ich halte mich am Geländer fest. Als wir unten ankommen, fühlt sich meine Hand etwas schmierig an, ich wische sie an der Hose ab.

Es ist so: Ich sehe uns von außen, wie eine Kamera sind meine Augen auf uns gerichtet, auf Hendrik, auf mich, zwischen uns nur Zentimeter. Ich beobachte ein Szenario, als würde ich nicht dazugehören. Anders ginge es auch gar nicht mehr. Ich beobachte von oben, schräg von der Seite, frontal von vorn.

Von vorn: Zwei Menschen laufen nebeneinander. Sie eilen nicht, sie schlendern nicht; sie gehen so, als gäbe es ein Ziel zu erreichen, als würde man sie irgendwo erwarten in nicht allzu ferner Zukunft. Die zwei Menschen sind ein junger Mann und eine junge Frau.

Er: circa 1,80 groß, eher schlaksig, blonde Haare. Eine Mischung aus Naturlocken und ungewaschen, ungekämmt. Wirr. Darunter ein Gesicht, angespannt, helle Augen, hellblau, hellgrau, ganz klein, zusammengekniffen und Schatten darunter. Hellblaue Jeans. Unten hochgekrempelt. Dunkelblaue, fast schwarze Stoffschuhe, ein paar Löcher darin, er muss sie schon eine ganze Weile tragen. Keine Socken. Ein einfaches, weißes T-Shirt.

Sie: etwa zehn Zentimeter kleiner als er. Die Haare: exakt dieser Ton, der sich nicht einordnen lässt. Rot, dunkelblond, braun, je nach Lichteinfall. Etwa schulterlang, aber zu einem Zopf hochgebunden, nachlässig. Auch so, dass es nachlässig aussieht, nicht etwa gewollt lässig. Dunkelblaue Jeans. Verwaschen. Schlappen an den Füßen, hellbraunes Leder. Ein einfaches, schwarzes T-Shirt. Darüber eine dünne, sehr bunte Jacke, ein Muster aus den frühen Neunzigern. Die Augen hinter einer Sonnenbrille.

Das Wetter um sie herum: drückend. Unangenehme Stadthitze. Aushaltbar, natürlich, immer noch mitteleuropäisch gemäßigt. Eine Hälfte des Himmels über ihnen ist bewölkt, die andere ziemlich blau, genau an der Grenze wirft die Sonne ab und zu ihre Strahlen nach unten. Kein vertrauenswürdiges Wetter. Jede Minute könnte es umschlagen, könnte eine der beiden Seiten sich durchsetzen gegen die andere. Keine Zuverlässigkeit. Es ist August, es ist ein Augusttag, die Luft ist elektrisiert.

Die beiden: waren ein Paar, bis gestern, offiziell. Gestern haben sie sich getrennt, hat er sich getrennt. War es eine richtige Trennung? Gibt es richtige und falsche Trennungen, wahre und unwahre? Jedenfalls, danach haben sie weiterhin Zeit verbracht in der Wohnung, die sie gemeinsam mieten. Sie haben sich hingelegt und geschlafen oder es zumindest versucht, sie sind aufgestanden, zeitversetzt, er zuerst, sie eine halbe Stunde später. Sie haben gefrühstückt, es fehlte bloß noch, dass sie einander von der Wichtigkeit dieser Mahlzeit überzeugten. Iss deine Cerealien, iss dein Vollkornbrot, dein Obst, das macht dich fit für den Tag.

Sie hat gerade Semesterferien, sie studiert, Sozialwissenschaften, sie ist jetzt scheinfrei, im nächsten Semester steht die Abschlussarbeit an, es wird auch Zeit. Er arbeitet in einer Kneipe, eine schicke Kneipe, eine mit DJ-Pult und alten Möbeln, diese Sessel in diesem Dunkelgrün, diese Tische in diesem Dunkelbraun, diese typischen Maserungen. Er serviert dort die Getränke und das Essen, Snacks, Sandwiches, Salate; er macht Kaffee, er zapft Bier, er mixt Longdrinks und gießt Shotgläser voll, je nach Wunsch, je nach Uhrzeit.

In letzter Zeit hat er öfter seine Schichten abgesagt, halbherzig versuchte er, einen Ersatz zu finden, entschuldigte sich. Suchte Ausreden. Waren es Ausreden? Er fühle sich schlapp, angeschlagen, wie erkältet, nicht gut.

Er greift nach seinem Handy in der Hosentasche, wirft einen Blick darauf, er stolpert leicht. Damit reißt er meinen Blick wieder zur Seite, in die Normalität, ich schaue aus meinen Augen heraus, durch die Sonnenbrillenverdunkelung hindurch, ich sehe ihn von der Seite. In der rechten Hand das Telefon.

Er verlangsamt seine Schritte, und ich sehe mich um, ich weiß gar nicht, wo wir sind, ich habe den Überblick verloren.

Oh, sagt Hendrik. Er bleibt stehen.

Ich drehe mich zu ihm um.

Ich muss zur Arbeit, sagt er. Schichtplanbesprechung. Hab ich vergessen.

Sofort, frage ich.

Sofort, sagt er, ohne den Blick vom Telefon zu heben.

Dann stehen wir uns gegenüber, auf dem Gehweg irgendeiner Straße, wir stehen uns still gegenüber. Ich hebe die Arme, langsam, zaghaft. Wir stehen da, als wären wir zufällig aufeinandergetroffen, als stünden wir uns nun im Weg, als versuchten wir, aneinander vorbeizukommen, ohne dabei Schaden anzurichten.

Hendrik atmet ein, er holt Luft, als wolle er etwas sagen, dann atmet er aus, die Schultern hängen herunter, er steckt die Hände in die Hosentaschen, er nickt in Ansätzen, und dann geht er an mir vorbei. Er hat einen Weg gefunden, kein großer Schaden, er läuft ein paar Schritte geradeaus und biegt dann in eine Straße ein.

Ich stehe, ich schaue mich um und versuche, mich zu orientieren.

50

Das ist kein Glück, wenn nie etwas passiert, das kann doch gar kein Glück sein. Wenn immer alles gut geht. Eigentlich geht es nämlich nicht immer gut, es gibt immer ein Stolpern und ein Schwanken und ein Zurückgeworfenwerden, es gibt immer eine Unruhe im Bauch, es gibt immer den einen Schritt zu viel. Ein Fingerverbrennen oder ein Muskelfaserriss, das ist Normalität; die Delle im Auto, das Verschlucken am Orangensaft. Das Alleinsein und dass man dabei immer die Wand im Rücken haben muss, wenigstens. Die Unverwundbarkeit, die gibt es nicht, das wäre nicht fair. Und deshalb ist es kein Glück, wenn nie etwas passiert, wenn es nie die großen Dramen gibt, Streit und Lügen und Verlorengehen, wenn man nicht einmal die Orientierung verliert oder jemanden, das ist dann kein Glück, das ist dann bloß Heuchelei, und die zerrt, wie wild zerrt die an den Nerven und an den Haaren, an allem.

Und das war mir doch klar, dass sich da etwas versteckt, etwas bereithalten muss in all den Jahren Alltag, die so bemüht normal taten, so als ob: Bitte sehr, so ist das nämlich, so ein Leben, ganz unspektakulär, da passiert schon nichts.

Was soll ich jetzt sagen? Mir ist Hendrik passiert?

Ich hab nichts verloren und es gab auch keinen Knall, es gab keine Rauchschwaden und es war nicht wie im Film, man hat keine Explosion gespürt, niemand hat sich erschreckt, nichts hat sich verändert auf der Welt, nichts hat sich verschoben im Universum.

Aber wenn man mich fragen würde: Würde ich Geld bezahlen, Kreditinstitute beauftragen und alles Kleingedruckte ignorieren. Ich würde aufhören zu essen und zu schlafen, ich würde so naiv und altklug alles tun, was verlangt wird. Ich wünschte bloß, ich hätte eine Garantie, ich wünschte, da käme jemand, der sagen würde: Ist okay. Lass gut sein jetzt. Da ist nun eben all dieses ekelhafte Ziehen und da gibt es diesen einen Geruch, der sich manchmal aus dem Hinterhalt einer winzigen Erinnerung in deine Nase schleicht und dir dann Bauchschmerzen macht. Da ist dieses Zerren, dieses Überstrapazieren von allem, da kann man nicht anders als zu denken, das hält doch nicht mehr lange, da muss doch irgendwann etwas reißen, kaputtgehen.

Und so seid ihr jetzt eben: auseinander gerissen. Und da kannst du nicht viel dran machen, da kannst du eigentlich überhaupt gar nichts dran drehen. Da könnt ihr euch auf der Straße begegnen und nicht mehr tun, als euch anzuschauen, fassungslos, da geht nicht mehr, als die Hände zu heben, ganz leicht, als eine winzige Geste, die keine Antworten weiß auf all das zwischen euch, das nicht einmal nach Antworten zu fragen versucht. Das kannst du nicht verstehen. Das musst du auch gar nicht. Weil nämlich irgendwann, versprochen, garantiert, jedes Verständnis von ganz allein kommen wird, jede Antwort, jede Frage wird sich erklären. In drei Jahren, in acht oder in zwanzig, hier, nimm sie, deine lächerliche kleine Garantie, steck sie ein und pass bloß gut darauf auf. Es brennt jetzt und es tobt, aber das ist ja auszuhalten mit der Gewissheit, dass es gut sein wird, später, irgendwann. Dass es da am Ende Berührungspunkte geben wird zwischen euch, ein Umarmen, während ihr schon einschlaft, dass du diesen einen Geruch atmen wirst in den Haaren und am Hals, dass du über schon geschlossene Lider streichen und die Abstände kennen wirst zwischen dem Ein- und dem Ausatmen.

Epilog

Die drückende Luft hat sich inzwischen aufgelöst. Es hängt kein Dunst mehr über der Stadt. Es ist gerade mal früher Nachmittag, der Tag wirkt ganz frisch, jetzt, mit dem unaufdringlich blauen Himmel, ohne die Wolken mit ihren scharfen Kanten, hinter denen die Sonne vorhin so gefährlich grell hervortrat.

Ich ziehe die Jacke aus. Das hat sich also verändert. Farben am Himmel. Der Luftdruck. Es ist ein Sommertag, ein Augusttag. So, wie es sich gehört. Ich könnte in den Park gehen. Mich auf eine Decke legen. Ein Buch lesen. Himbeeren essen. Ich könnte die Augen schließen und Freibadgeräusche hören. Später könnte ich ein kühles Bier trinken und eine Reise planen. Tun Menschen so etwas nicht? In Ausnahmesituationen? Ist das hier eine Ausnahmesituation? Menschen machen Roadtrips. Sie nehmen das alte, klapprige Auto, das für so etwas bereitstehen muss, sie fahren ans Meer und in andere Länder. Allein oder bloß mit den engsten Vertrauten lassen sie sich den Fahrtwind um die Ohren wehen, sie kommen an, halten die Füße ins Wasser, sie schauen zum Horizont und erkennen irgendetwas, sie lernen ihre Lektionen, sie denken Dinge wie: Ab jetzt nehme ich mein Leben in die Hand.

Ich denke ans Meer, an die Ostsee. Den Leihwagen. Hendrik. Ein Tagesausflug. Wegen der Hitze. Ein leichter Sonnenstich, Übelkeit und Kopfschmerzen am nächsten Morgen. Ich hustete und spuckte Galle ins Waschbecken. Wir gaben den Zimmerschlüssel ab und fuhren ein paar Kilometer bis zum nächsten Supermarkt, kauften Wasser in großen Flaschen, Cola gegen die Übelkeit, frische, warme Brötchen beim Bäcker. Hendrik ging es okay.

Er setzte seine Sonnenbrille auf und fuhr los, die rechte Hand auf meinem Oberschenkel. Trink die Cola, sagte er. Er biss von einem Brötchen ab, der Backwarengeruch fraß sich durch meine Nase direkt in den Magen, ich legte den Kopf in den Nacken, befühlte meine Stirn, ich trank die Cola. Die restlichen Kilometer konzentrierte ich mich darauf, durch den Mund zu atmen, um den Gerüchen zu entkommen. Die Brötchen. Die Fußmatten, die gestern nass geworden waren. Der Asphalt unter uns. Die Autoreifen. Mein eigener Schweiß. Irgendwann kamen wir an.

Während Hendrik das Auto zurückbrachte, trank ich in vorsichtigen Schlucken Kamillentee. Später legte er mir ein nasses Tuch auf die Stirn.

Wir sprachen nicht mehr über den letzten Abend. Was am Meer passiert, bleibt am Meer, dachte ich, bevor mir ein Schwall Tee wieder hochkam.

Wir hatten einen Ausflug gemacht, wir hatten die Füße ins Meer gehalten, wir hatten unsere Lektion gelernt. Es gab keine Sicherheit für uns, es gab nichts mehr, das Zweifel verneinen konnte oder kleinreden, es gab bloß unsere Situation, die eigentlich ganz einfach war und ganz einfach zu lösen.

Ich fahre mit der U-Bahn nach Hause. Drei Stationen. Ich laufe über die S-Bahn Brücke, um mich herum ein geschäftiges Mittagstreiben, die Leute tragen Sonnenbrillen. Ich rieche überdeutlich Abgase, Pizza, Schawarma, Gras. Wie immer den Kaffeedunst. An den Ampeln warte ich, neben mir Frauen mit Kinderwagen, Teenager mit Wasserpistolen.

Beim Gemüsehändler an der Ecke riecht es nach Honigmelonen, er hat sie aufgeschnitten, präsentiert die Stücke auf Papptellern, Zahnstocher darin, Wespen schwirren umher. Ich denke kurz darüber nach, einzukaufen, alles zu erledigen, ein bisschen Obst, ein bisschen Gemüse, ein Fladenbrot, eine Knoblauchcreme. Der Gemüsehändler winkt mir zu, er spricht von seinen Melonen zum Sonderpreis, Erdbeeren gibt es auch. Mir kommt ein Satz in den Sinn, ich habe ihn mal irgendwo gelesen. Ich stell mir das immer noch vor, manchmal, ich stell mir immer noch vor, dass wir zusammen alt werden, mit so blöden Schaukelstühlen und allem.

Ich lächele den Gemüsehändler an und gehe weiter, um die Ecke, Hausnummer 30, dritter Stock, ich schließe oben die Tür auf, ich trete ein, die Räume liegen ruhig, ein Fenster steht offen. Ich lege die Jacke in eine Ecke, streife die Sandalen ab, ich setze mich aufs Bett, lasse mich zurückfallen. Ich liege auf dem Bett, die Füße auf den kühlen Dielen, mein Kopf liegt auf Hendriks T-Shirt von gestern, ich rieche daran, ich rieche, rieche, rieche, und ich bleibe liegen, eine Stunde, fünf, zehn, zwanzig, dreißig.

Als ich wieder aufstehe, ist der Sommer vorüber. Mein Gesicht ist ganz grau. Der Kühlschrank ist leer bis auf den Butterrest. Also ziehe ich mir die Sandalen wieder an, die Jacke über, ich nehme einen Stoffbeutel und das Portemonnaie, und dann gehe ich los, zum Gemüsehändler. Ich muss einkaufen.

Danke:

Friederike Dörr. Alfio Furnari. Rainer Holl. Constantin Timm, Max Stern und Meret Sommer. Daniel Schlick. Der besten Girlgang: Ninia Binias, Pauline Füg, Katja Hofmann und Leonie Warnke. Olli und Claudi, Mama und Papa, Merle und Tarje. Lotta, für Stuttgart. Rina, für Dortmund.